로그인하시겠습니까?

이 책의 저작권은 도서출판 아침이슬에 있습니다.
신 저작권법에 의해 보호를 받는 저작물이므로 무단전재와 무단복제를 금합니다.

이 도서의 국립중앙도서관 출판시도서목록(CIP)은
e-CIP 홈페이지(http://www.nl.go.kr/cip.php)에서 이용하실 수 있습니다.
(CIP제어번호: CIP2006000504)

아침이슬 청소년 *004

국어 시간에 쓴 중학생 소설 모음

로그인하시겠습니까?

여성대 엮음　선일중학교 김학준 외 지음

차례

점 출발점 〉 공간은 면, 면은 선, 선은 점에서 출발한다!

전학의 달인 _ 김학준 ·········· 8
아직 늦지 않았어 _ 최미금 ·········· 28

입 입장 〉 너는 너로, 나는 나로 마주 보고 있는 이 자리!

로그인하시겠습니까? _ 김예빈 ·········· 46
낭랑 16세, 그 존재감을 위하여 _ 이민우 ·········· 70
따뜻한 손 _ 이미나 ·········· 92

가 가중치 〉 내가 너에게, 네가 나에게 보내는 무게, 의미!

안도영 서울 오다 _ 이예슬 ·········· 112
반성문 _ 박준도 ·········· 126

경 만화경 〉 그렇게 네가, 이렇게 내가 빚어내는 세상!

가끔 남자들이 부러울 때가 있다 _ 정아라·김다솜 ······158
어떤 하루 _ 김진혁 ·········· 176
이은결, 너 조심해! _ 인지희 ·········· 194

소설집을 엮으며
어린 영혼들이 내민 손을 맞잡다 _ 이상대 ·········· 209

출발점 〉 공간은 면, 면은 선, 선은 점에서 출발한다! 점

전학의 달인
김학준(신월중 2년)

토요일 밤늦게까지 만화책을 보다가 늦잠을 자고 말았다.

눈을 뜨니 창문에서 햇살이 가득 쏟아지고 있었다. 햇빛을 따라 수천 개의 먼지가 떠다니는 게 보였다.

'눈뜨자마자 보이는 게 먼지라니, 오늘 하루는 재수가 없겠군.'

시계를 보니 12시가 넘어 있었다. 거실에서는 엄마가 누군가와 통화 중이었다. 물을 먹으러 가던 내게 엄마의 목소리가 또렷하게 들렸다.

"내일 집 보러 오신다구요? 몇 시쯤? 아, 예……. 그럼 오셔서 전화하세요."

나의 명석한 두뇌는, 그 말이 우리 집을 팔고 이사 간다는 것임을 빠르게 알아차렸다.

또 이사야? 그래도 설마 전학까지는 아니겠지. 여기 전학 온 지 얼마나 됐다고. 나는 대수롭지 않게 생각하며 냉장고 문을 열었다.

나 노현태는 1학년 때 서울 ○○중학교에서 1학기를 다니다 공주로 전학을 갔다. 거기에서 1학년을 마치고, 2학년 1학기 때 여기 강화로 전학을 왔다. 일 년 반 동안 학교를 무려 세 군데나 옮겨 다닌 것이다.

다 아빠 때문이다. 아빠는 유능한 건축가로, 아빠가 지은 건물은 모두 그 도시의 상징물이 된다는 소문이 있을 정도로 유명했다. 아빠는 건축계의 용병을 자칭하며 소속 건축사를 버리고 프리랜서로 여기저기 일을 맡아서 했다. 솔직히 그냥 아빠만 가서 일하면 되지만 엄마 아빠가 소문난 잉꼬부부여서 떨어져 살면 힘들다고 일을 맡을 때마다 이사를 다녔던 것이고, 그래서 결국 나만 '개털' 된 거다.

그렇지만 이번에는 집을 옮길지는 몰라도 학교까지 옮기지는 않을 것이다. 아빠가 새 일을 맡아 강화로 온 지 석 달밖에 되지 않았기 때문이다.

저녁 식사 시간이었다.

밥상이 진수성찬이었다. 큰 상에 갈비, 잡채 등이 가득했다. 낮에 들은 통화 내용이 있기에 나는 이것이 나를 달래기 위한 뇌물임을 간파했다.

'먹고 죽은 귀신은 때깔도 곱다는데 일단 먹고 보자.'

나는 무서운 속도로 음식을 먹어 치웠다.

배를 가득 채운 뒤 일어서려는데, 아빠가 부드러운 목소리로 말했다.

"잠깐만 앉아 볼래?"

"이사 가는 거 다 알아요."

아빠가 미안해할까 봐 미리 배려를 해 주는 난 얼마나 효자란 말인가. 아빠는 잠시 당황한 표정을 짓더니 씨익 웃었다.

"알고 있었냐? 이번에는 여기 같은 남중이 아니라 남녀 공학이다. 남녀 공학!"

"옛? 이사만 가는 거 아니었어요?"

"아빠랑 그만큼 살았으면 이제 알 때가 됐을 텐데? 이사는 곧 전학을 의미한다."

맞다. 이사는 곧 전학이었다.

"전학 온 지 석 달밖에 안 됐다고요! 그런데 또 전학을 가라고요?"

"하하하, 좀 뭣한 얘기지만 실은……. 아빠가 고용주랑 싸워서 다른 일을 맡게 됐다."

나는 휙 돌아서서 내 방으로 와 버렸다. 아빠가 바로 따라 들어오셨다.

"미안하다. 그래도 이번에는 네 방이 넓게 나왔단다. 서울에 학교도 남녀 공학이고."

"예, 굉장히 고맙습니다. 안녕히 주무세요."

나는 뒤도 돌아보지 않고 말했다. 아빠는 잠시 말없이 서 계시다가 방을 나갔다.

'도대체 아빠는 전학 가서 적응하기가 얼마나 힘든지 알기나 하는 거야? 나는 희생돼도 상관없다 이거지.'

그동안 전학을 자주 다닌 덕분에 나름대로 적응 요령을 터득하긴 했다. 그래도 전학이라는 건 늘 낯설고 두려웠다. 가는 곳마다 아이들과 분위기가 다 다르기 때문이다.

침대에 누워 부모님을 원망하던 나는 그간 사귄 친구들의 얼굴을 떠올렸다.

'진욱, 드리, 성학……. 이번 애들은 시간만 있으면 진짜 잘 지낼 수 있을 것 같았는데.'

난 전학을 많이 해 본 만큼 전학 가는 아이들도 많이 봤다. 그런데 전학에는 공통점이 하나 있다. 그 아이가 왕따였든, 반장이었든 떠나면 너무도 간단히 잊히거나 뒷담의 대상이 된다는 것이다. 대부분 그랬다. 그래서 나는 '친구는 곁에 있을 때만 친구'라는 편견에 사로잡혀 있었다.

'제길, 눈물 나네. 진짜 싫다……. 차라리 잊히는 게 좋지, 친구였

던 놈들에게 뒤에서 욕 듣는 것은 정말 싫어.'

9월 8일 수요일(늦더위. 무지 덥다.)

이사 3일 전이다. 친구들한테 전학 간다는 말을 안 하고 있다.

굳이 '잘 꺼져라.'는 말을 듣고 싶지 않다.

9월 9일 목요일

이제 이틀 남았다. 친구 놈들과 적절하게 거리를 두고 있다.

내가 없어도 다들 좋다고 논다.

난 지금까지 있으나 마나 한 놈이었나 보다.

9월 10일 금요일(비가 한두 방울씩 떨어진다.)

이사가 하루 앞으로 다가왔다. 말없이 지내다가, 문득 내일이면 이사 간다는

생각에 욕먹을 짓이나 하자고 괜한 꼬투리를 잡아 한 놈과 대판 싸웠다.

후련해야 되는데 찝찝하다. 이걸로 걔네들과 보는 건 마지막이다.

9월 11일 토요일

이사 당일이다. 난 학교도 가지 않고, 담임선생님께도 인사를 드리지 않았다.

어차피 곧 잊혀질 텐데. 전학 수속은 아빠가 다 알아서 처리할 것이고,

친구 놈들은 월요일이나 돼야 내 전학 소식을 듣게 될 거다.

아빠는 내가 원하는 대로 일주일은 마음껏 놀라고 하셨다.

진짜 미안하긴 한가 보다. 실컷 놀아 봤자 피시방, 플스방, 노래방일 텐데, 그런 데서 혼자 노는 것은 처량하다.

새 학교로 전학 가기 전날 밤.

잠이 오지 않았다. 특히 자기소개가 걱정스러웠다. 무슨 이야기를 해야 하나. 여학생들도 있다지 않은가. 또, 학급 아이들과는 어떻게 친해질 것인가. 이것도 무척 부담이 되는 것이다.

전학 경험이 많다지만, 살짝 내성적인 나는 적응 기간이 오래 걸리는 편이다. 보통 한두 달쯤 걸리는데, 이때 한두 달은 거의 일 년처럼 길게 느껴진다. 그런데 이번은 2학기 전학이니까 빨리 친해지지 않으면 친구도 없는 상태에서 3학년으로 올라가야 한다. 이건 보통 심각한 문제가 아니다.

나는 이런저런 궁리를 하다가 새벽에서야 잠이 들었다.

드디어 D-day.

아침부터 머리가 아팠다. 신경성 두통이다.

머리도 식힐 겸 샤워를 하고 서둘러 새로 맞춘 학교 교복을 입었다. 아빠도 깨끗한 양복 차림으로 나섰다.

"노현태 학생은 4반 배정입니다. 2학년 4반은 4층에 있습니다.

지금 가시면 아마 담임선생님께서 기다리고 계실 거예요."

교무실의 전학 담당 선생님이 친절하게 배정 학급을 알려 주었다.

4층? 4반? 이거 불길한데. 아빠와 나는 교실 팻말을 확인하며 4반을 찾아갔다. 담임선생님은 구레나룻이 길고 인상이 무서워 보였다.

"잘 부탁드립니다. 현태야, 나 간다. 힘내라."

아빠는 나를 인계하고 빠른 걸음으로 사라졌다.

그래, 어제 연습한 대로만 하자. 기죽지 말자.

나는 담임선생님을 따라 교실로 들어갔다.

월요 방송 조회가 있는지 교실 앞 TV에서 웅웅거리는 소리가 났다.

나는 빠르게 아이들의 인상을 살펴보았다. 샤프해 보이는 아이들도 눈에 띄지 않았지만, 그렇다고 일진쯤 되는 아이들도 없어 보였다.

흐음, 그렇다면 강하게 나가야겠는걸. 좋아, 강렬한 자기소개를 해 주겠어!

"자, 조용! 전학생이다. 잘 대해 주고, 넌 자기소개하고 저기 가서 앉아라."

나는 교탁 앞으로 다가서며 망설임 없이 입을 열었다.

"아, 저는 오늘 전학 온 노현……."

"이제 국민의례가 있겠습니다. 국기에 대한 경례!"

하필 내가 입을 여는 순간, 교실 마이크에서 애국가가 흘러나왔다. 몇몇 여자 애들이 입을 가리고 킥킥 웃었다. 첫날부터 일이 참 개

떡같이 풀린다.

내 자리는 복도 쪽 분단의 중간 자리였다. 앞뒤가 다 남자 애들이었다.

'자기소개는 망했지만, 자, 시작은 이제부터다.'

작전 1. 나는 흔히 싸가지 없다고 불리는 자세로 돌입했다. 다리는 쫙 벌리고, 한쪽 다리는 떨고, 손은 주머니에 넣고. 이건 분위기 제압을 위한, 완벽하게 '깡' 있어 보이고, 싸움 좀 한다는 애들의 자세였다.

다들 쫄아 있겠지?

난 주위를 슬쩍 둘러보았다. 그런데 뜻밖에 썰렁했다. 대부분 교장 선생님 훈화를 자장가 삼아 엎드려 있었고, 몇몇은 핸드폰, 잡담 등에 빠져 내게는 눈길도 주지 않았다. 그나마 날 쳐다보는 몇몇 애들조차도 영 기분 나쁘다는 표정이었다.

실패인가? 아냐! 그래도 밀고 나가야 돼!

예감이 불길했으나 그 자세를 밀고 나갔다. 그런데 나의 이런 터프한 자세에 첫 반응을 보인 것은 반 아이들이 아니라 선생님이었다.

2교시 기술 시간이었는데 아이들이 머리를 다시 묶고, 껌을 뱉고, 준비가 요란했다. 짐작컨대 과목 선생님이 학생부 선생님인 듯했다. 들어오는데 보니, 과연 키가 땅딸막하면서도 눈매가 매서웠다. 아이들은 수업 시간 내내 쥐죽은 듯 조용했다.

수업이 끝날 무렵, 그 선생님이 내게 다가왔다.

"전학 왔냐?"

"네."

"사고 치고 온 거냐?"

"……."

"우리 학교는 규칙이 엄하다. 곧 알게 되겠지만, 내 별명은 에이즈다. 걸리면 죽지. 함부로 설치지 않는 게 좋을 거다."

헉, 이건 뭐가 잘못되었다. 내 자세가 너무 셌나?

나는 적잖이 당황스러웠으나 그렇다고 선생님 말 한마디에 자세를 확 고치기도 그래서 약간만 자세를 교정했다. 주머니에서 손을 빼고 팔짱을 끼는 정도로.

그렇게 점심시간이 되었다.

한꺼번에 복도로 뛰어나가는 모습이 초원의 들소 떼 같았다. 남녀가 따로 없었다. 급식 전쟁은 어디를 가나 똑같다. 그나저나 전학생을 챙겨 주는 놈이 아무도 없다. 보통 전학생은 회장이나 부회장이 한마디쯤 거들어 주는 법인데, 아무도 말을 걸기는커녕 접근도 하지 않았다. 결국 난 첫날부터 혼자 밥을 먹어야 했다.

일과는 점심시간으로 끝이 났다. 오후에는 무슨 시험이 있다고 했다. 그리하여 난 단 하나의 소득도 건지지 못하고 허탈하게 귀가해야 했다.

"다녀왔습니다!"

"벌써 왔니? 친구들은 괜찮았어?"

"오늘 전학 갔는데 친구가 어디 있어요!"

난 소리를 버럭 지르고는 쾅! 하고 방문을 닫았다.

그리고 오늘 작전을 분석하기 시작했다. 분명, 오늘의 작전은 나무랄 데 없었다. 온순해 보이는 아이들을 상대로 기선을 제압하는 것, 그것은 어느 동물의 세계에서든 통하는 정글의 법칙이 아닌가.

'그런데 도대체 뭐가 잘못된 거지? 왜 아무도 나한테 접근하지 않는 거지?'

나는 객관식으로 상황을 정리해 보았다.

1. 내가 너무 완벽해 보였다.

2. 말 붙이기 어려울 정도로 무서워 보였다.

3. 아이들이 워낙 부끄러움이 많다.

4. 원래부터 남에게 관심이 없다.

30여 분 동안 꼼꼼히 분석한 결과, 드디어 진실에 가장 근접한 결론에 도달할 수 있었다.

'그래 그거야. 너무 싸가지가 없어 보였던 거야. 카리스마와 싸가지 없는 것과는 분명 차이가 있어. 오죽하면 에이즈가 조심하라고

경고를 했겠어.'

난 온종일 벌리고 떠느라 고생한 다리를 주무르면서 2단계 작전을 짰다.

다음 날 아침, 또다시 아빠 차를 타고 등교했다.

걸어서 20분이면 충분한 거리인데도 아빠는 굳이 태워 주신다고 고집을 부렸다. 내게 여전히 미안하신가 보다.

"학교는 어떻디?"

"좋아요."

"선생님은?"

"좋아요."

"애들은?"

"좋아요."

아빠에 대한 화는 거의 다 풀려 있었지만, 아빠가 나에게 쩔쩔매는 것이 재미있어서 일부러 퉁명스럽게 대답을 했다.

교실에 올라가니 아무도 없다. 역시 서울 놈들은 게으르다.

나는 자리에 앉아 호흡을 가다듬은 뒤 책상에 엎드렸다.

10분, 20분이 지나자 아이들이 하나 둘씩 들어섰고, 30분쯤 지나니까 아이들이 거의 다 온 듯했다. 난 일어나지 않았다. 아침 조회가 끝날 때까지 계속 엎드려 있었다.

눈을 감고 있으니 아이들 목소리가 아주 또렷하게 들렸다.

가장 크게 들리는 (주로 남자들의) 주된 이야기 주제는 요즘 유행하는 크레이지 아케이드(줄여서 크아)라는 게임에 대한 것이었다. 특별히 '짱' 같은 애가 없는 상황에서 이 크아 무리들이 학급 분위기를 주도하는 것 같았다.

'후후, 크아 하면 이 노현태 아니겠어. 쉽게 친해질 수 있겠군. 접근 가능성 70퍼센트!'

또 다른 그룹은 장기를 두고 있었다. 말하는 걸로 보아 공부깨나 하는 아이들인 것 같았다. 어쩌나, 나는 장기를 둘 줄 몰랐다.

'쟤들과는 시간이 좀 걸리겠군.'

수업 시간에는 멍한 눈빛으로 칠판만 봤다. 그리고 쉬는 시간에는 다시 엎드렸다.

그렇다. 오늘 작전은 다소 마음에 들진 않지만 '동정심 유발 작전'이었다. 전 학교에서는 이 작전이 좀 먹혔다.

'오늘은 어떤 놈이, 어디 아프냐고 말이라도 걸어 주겠지.'

점심시간이 되었다. 난 계속 엎드려 있었다. 반응이 없다면 그대로 밥을 굶을 각오였다.

그때, 드디어 한 녀석이 나를 향해 말을 걸어왔다.

"어이, 전학생! 점심시간이다. 밥 처먹어야지."

고개를 들고 올려다보니 식판을 들고 있는 녀석 명찰에 김신교라는 이름이 적혀 있다. 이목구비가 큼직큼직하게 생겼다.

'짜식, 고맙군. 그래도 그렇지, 좋은 말 다 두고 밥 처먹어가 뭐야!'

슬쩍 기분이 상했으나, 나는 관심 없는 척 무표정한 얼굴로 밥을 타러 나갔다. 결국 전학 이틀째도 이렇게 지나가 버렸다.

그렇게 별 진전 없이 사나흘이 휙 지나갔다.

집에 와서는 아무런 내색도 하지 않았다. 지난번처럼 화를 냈다가는 부모님께서 내가 친구 못 사귄다고 걱정하실 것 같았다. 그건 자존심 상하는 일이다.

앞으로 어떡할까. 이런저런 작전을 써 봤는데 별 반응이 없다면, 이건 좀 문제가 된다. 나는 고민을 거듭하다가 어떤 해결책도 찾지 못한 채 어제처럼 그대로 잠이 들고 말았다.

아침에 일어나 보니 아빠는 벌써 출근을 하셨다.

걸어서 등교를 하는데 비가 떨어지기 시작했다. 때는 이미 가을이어서 길가에는 낙엽이 굴러다녔다. 날씨조차 처량하고 고독했다.

교실로 들어오니 여전히 아무도 없다. 텅 빈 교실, 난 굉장히 쓸쓸하다고 생각했다.

어젯밤에는 많은 고민을 했다. 2학기는 빨리 지나간다. 곧 중간고사를 보게 될 것이고, 시험이 끝나면 어느덧 늦가을, 얼렁뚱땅 체육 대회나 축제 같은 것을 치르고 나면 금세 크리스마스가 닥친다. 곧 방학하고 이어 진급. 그때까지만 친구 없이 지내자는 생각도 안 해 본 것은 아니다. 그러나 아무리 짧은 기간이라도 그건 버티기 힘든 일이다.

나는 반에서 거의 존재감이 없다. 아이들은 음악실이나 미술실에 갈 때도 자기들끼리 가고, 수행 평가조도 끼리끼리 짜 버리고……. 친구가 없는 것이 얼마나 쓸쓸한 일인지 새삼 뼈에 사무쳤다.

전 학교의 친구들이 그리웠다. 왜 내 마음대로 그 녀석들을 판단했는지 후회가 되었다. 어쩌면 그 녀석들은 내가 전학을 갔어도 기억 속에 날 또렷하게 담아 두었는지도 모른다. 혹시 길에서 만나면 반가워 펄쩍펄쩍 뛸지도 모른다. 내가 너무 성급하게 친구들을 잘라 낸 것은 아닐까.

'노현태, 바보 같은 자식. 친구는 곁에 있을 때만 친구가 아니야. 떨어져 있어도 마음만 통하면 그게 다 친구라고.'

눈물이 나려고 했다. 난 목구멍까지 올라오려는 울음을 억지로 참았다.

"이놈아, 장군 받아라!"

둘러싼 아이들이 탄성을 질렀다. 초왕이 아래로 피하면 마(馬)가 기다리고 있고, 옆으로 피하면 포(包)에 걸린다. 이건 꼼짝없는 외통수다. 역시 나는 장기 최강이다.

나는 척 팔짱을 끼고 상대방을 내려다보았다. 지금 내 앞에서 쩔쩔매고 있는 녀석은 오상현이라는 녀석이다. 썩 잘 두는 편은 아니나 가끔 남들이 보지 못하는 수를 생각해 내어 아이들을 놀라게 하는 재주를 가지고 있다.

"장기 두는 사람 어디 똥 싸러 갔나~."

"실력이 안 되면 덤비질 마세요. 오상현, 니가 어떻게 현태를 이기냐?"

구경을 하고 있던 신교와 기영이가 한마디씩 했다. 이번 판에는 매점 빵이 세 개나 걸려 있다. 상현이가 고개를 숙이고 끙끙거리다가 퍽 엎어졌다.

"흐윽, 졌다!"

야호! 나는 신교, 기영이와 하이파이브를 하고 칠판 앞으로 나갔다. 큰 칠판 옆에 달려 있는 부속 칠판을 젖히고(이 칠판은 선생님들이 잘 쓰지 않는다.) 나의 승전보를 기록으로 남겼다. 어제 우석이와 민구를 이긴 것까지 합쳐 5연승이다.

"자, 오상현 씨! 매점 앞에서 기다리고 있겠습니당~!"

우리는 상현이를 향해 소리치고는 매점을 향해 뛰어갔다.

지금 같이 매점을 가고 있는 신교와 기영이는 이 학교에 와서 사귄 첫 친구이자 가장 친한 친구들이다. 내가 이 아이들과 친구가 될 수 있었던 것은 작전 1 때문도 아니고 작전 2 때문도 아니었다.

아무 조건 없이 그냥 내가 먼저 다가갔다. 그게 전부였다. 물론 마음고생은 좀 했다.

생각해 보니 나에게는 '내가 보통 애들보다는 좀 낫지.' 하는 돼먹지 못한 구석이 있었다. 그게 자연스럽게 친구를 사귀는 데 장애가 되었다. 친구들은 별로 의식하고 있지 않은데 나 혼자 머릿속으로 재다 보니까, 그게 오히려 일을 어긋나게 했던 것이다.

처음에는 힘 좀 쓰겠다 싶은 애들도 기웃거려 보고, 공부를 좀 한다는 애들에게도 빌붙어 보았다. 그러나 힘을 쓰는 녀석들은 날 친구라기보다는 심부름꾼으로 보는 듯했고(이건 자존심이 강한 내가 참지 못한다.), 공부를 좀 한다는 아이들은 내 성적을 듣고 쉽게 끼워 주었으나 서로 꿍꿍이가 많아 마음 통하기가 어려웠다.

그래서 난 이것저것 따지지 않고, 그저 평범해 보이는 애들에게 먼저 손을 내밀었다.

장기를 배우고, 그 애들이 키우는 게임 캐릭터를 위해 내가 아끼던 아이템도 베풀었다. 처음에는 낯을 가리는 듯했지만 이들은 곧 나를 자연스럽게 받아 주었고, 이제는 사소한 것 가지고도 토닥거리는 사이로 발전하였다.

신교와 기영이하고는 그러는 중에 특히 친해졌다. 참 소박한 녀석들이다. 수행 평가조를 짤 때도 나와 떨어지지 않으려고 온갖 떼를 다 쓴다.
"너네들 나한테 붙어서 점수 거저먹으려는 거지?"
내가 엄포를 놓으면, "야, 덕 좀 보자. 내가 장기 져 줄게." 하면서 쩍 달라붙는다. 그래도 밉지 않다. 어쨌든 내가 화장실에서 휴지가 없어 쩔쩔매면 양말이라도 벗어 줄 놈들이니까.
이제 돌아보니 전학 초에 잔머리 굴리며 아이들을 살피던, 그리고 일부 그룹 아이들에게 빌붙어서 적응하려던 내 자신이 참 한심스럽게 느껴졌다.
"야, 너희들 그거 아냐?"
나는 매점으로 향하다가 아이들에게 물었다.
뭘? 신교와 기영이가 동시에 되물었다.
"전학 가서 친구 만들 때는 먼저 다가가서 말 거는 거……. 이게 제일 중요하다."
"그런데? 그게 지금 무슨 상관이냐고?"
"아니다. 빵이나 먹으러 가자! 아참 이따가 피시방에서 한판 때릴까?"
"니가 대 줄 거야?"
"거지 같은 놈들……. 그래, 가자!"
겨울 방학이 거의 다 끝나 가는 어느 날이었다.
저녁 식사 시간이었는데, 아빠도 일찍 오시고, 밥상이 그야말로 진수성찬이었다.

"와! 아들 개학한다고 체력 보충해 주시는 거예요?"

뭔가 미안한 듯한 부모님의 표정을 전혀 눈치 채지 못하고, 나는 흡사 블랙홀을 연상시키는 속도로 빠르게 먹어 치웠다.

"끄억~, 잘 먹었습니다."

"현태야, 잠깐만 앉아 보렴."

아빠가 나를 불러 앉혔다. 나는 이를 쑤시며 다시 자리에 앉았다.

"왜요?"

"실은, 이제 아빠 일이 끝나서 말이지······."

엣? 설마, 아닐 거야. 설마······.

엄마는 수정과를 뜨러 간다는 핑계로 베란다로 나가고, 아빠는 내 눈을 피한 채 다시 말을 이어 갔다.

"의정부로 이사 가자!"

지금 나는 운동장에 서 있다. 아직은 바람이 차다.

의정부 시원중학교.

국기가 펄럭거리고, '배워서 남 주자!'는 커다란 현판이 중앙 현관에 걸려 있다.

이 학교에는 어떤 아이들이 살고 있을까. 그 아이들과 어떻게 친해질 것인가······.

두려운 것은 마찬가지지간, 그래도 전처럼 두통을 느낄 정도로 고통스럽지는 않다.

어차피 내가 사귀어야 할 아이들이니까.

나는 전학의 달인이니까

| 후기 |

누가 이 소설을 왜 썼냐고 물으면 "친구 사귀는 데는 왕도가 없다는 이야기를 하고 싶었습니다."라고 이야기하겠지만, 사실은…… 뭐 그런 거창한 이유보다 점수를 잘 받아 보자는 생각으로 쓴 거랍니다. 저도 이 글의 주인공처럼은 아니지만 꽤 많이 전학을 다녔거든요. 자신이 체험한 이야기는 각색하기가 편하잖아요. 그래서 이 소설이 시작된 겁니다. 이게 진실하고 솔직한 답변이죠. 물론 친구보다 점수가 소중하다는 거는 아니고요.(친구는 아주 중요하답니다.)

하여간 소설을 쓰다 보니 정말 재미있었고, 글이 안 풀릴 때는 짜증도 나고, 끝났을 때는 아쉬움과 후련함도 생기는 등. 감정 변화가 많았습니다. 기회가 된다면 좀 더 괜찮은 글을 써 보고 싶네요.

아직 늦지 않았어

최미금(신월중 2년)

"안녕히 주무세요! 잘 자라, 이윤하!"

난 잠들기 전에 이렇게 천장에 대고 큰 소리로 인사를 하는 버릇이 있다.

혼자 지내는 날이 많아지면서 나름대로 터득한, 외롭지 않게 지내는 방법 중 하나다.

아무도 들어 주는 사람도 없고 말해 주는 사람도 없기에 혼자서 스스로 안부를 묻고, 가끔은 위로를 건네기도 하는 것이다.

하루 종일 웃느라 수고했다고.

오늘 하루도 잘 견뎌 냈다고.

혼자뿐인 집도 말 한마디 나눌 사람 없는 캄캄한 밤도 이제 익숙해질 때가 됐다.

하지만 담배 냄새 깊게 밴 엄마도, 그렇게 미워하던 아빠의 모습도 잠들기 직전이면 눈앞에서 불을 밝힌 듯 선명해진다.

가끔은 아빠가 그립기도 하고 보고 싶기도 하다.

다른 사람들처럼 아빠와 잘 지내 보고 싶기도 하다.

아빠와 사이가 좋다는 건 어떤 기분일까, 느껴 보고 싶기도 하다.

하지만 아빠와 나는 그렇게 될 수 없다는 걸 잘 알고 있다.

엄마는 내가 잠이 든 뒤에야 일을 마치고 집에 온다.

새벽 한두 시쯤일까. 나는 거의 매일 잠결에 엄마가 들어오는 소리를 듣는다.

엄마는 지금 식당 주방에서 아르바이트를 하고 있다.

엄마는 열쇠로 문을 열고 들어와서 내가 잠자는 모습을 지켜보다 나간다. 가끔 이불을 펴서 잘 덮어 주기도 하고, 머리를 쓰다듬어 주기도 한다.

난 엄마가 그렇게 방에서 나가면 무엇을 할지 안다.

딸각딸각, 라이터를 켜고 담배를 피우겠지.

나는 담배를 싫어한다.

엄만 방문을 닫으면 소리도, 담배 연기도 방까지 들어오지 못할 거라 생각하는 것 같다.

나는 담배 연기가 방 안에 옅게 퍼질 때마다 이불을 머리끝까지 뒤집어쓴다.

다음 날 아침, 날 깨우는 건 엄마가 아니라 핸드폰이다.

핸드폰 알람 소리보다는 엄마의 손길이 훨씬 좋기야 하겠지만 새벽에 일을 마치고 돌아온 엄마에게 그런 것까지 기대할 수는 없다.

일어나서 학교 갈 준비를 하고, 아직 자고 있는 엄마를 바라본다.

"학교 다녀오겠습니다."

대답하지 않을 걸 알면서도 항상 잠든 엄마를 향해 작은 소리로 인사한다. 가끔, 학교 가는 길을 배웅조차 해 주지 않고 잠만 자는 엄마가 야속할 때도 있다.

아침밥 같은 거 바라지도 않는다. 내가 인사하면 그냥 학교 잘 다녀오라고, 대답 한 번만 해 줬으면 좋겠다.

집을 나선 나는 평소 등교를 같이 하는 친구와 만나 학교로 향한다.

학교에 도착해서 수업 준비를 하고 수업을 듣는다.

가을이 소리 없이 깊어 가고 있었다.

4교시 수업 도중 갑자기 앞문이 열리더니 담임선생님이 얼굴을 내밀었다.

"윤하야, 잠깐만 나와 볼래?"

"저요?"

"응. 아예 가방 싸 가지고 나와라."

난 영문도 모른 채 급하게 가방을 싸서 복도로 나왔다.

"윤하 아버님이 찾아오셨어."

"예? 아빠가요?"

"응. 지금 교무실에 계시니까 우선 내려가자."

난 선생님을 따라 계단을 내려갔다.

그동안 가끔 전화 몇 통만 있었을 뿐 남처럼 지내던 아빠였다.

그 아빠가 정말 교무실에 앉아서 날 기다리고 있었다.

아빠는 선생님과 날 보더니 자리에서 일어섰다.

"수업 중에 죄송합니다. 제가 오늘밖에 시간이 없어서요."

"예, 괜찮습니다."

"그럼 다음에 기회가 되면 다시 찾아뵙겠습니다."

"예, 살펴 가세요."

난 선생님께 인사를 드리고 아빠의 뒤를 따라나섰다.

"엄마도 알아?"

"응. 연락했어."

"근데 갑자기 왜 왔는데?"

아빠는 내 물음에 대답 없이 앞장서서 걸었다.

나와 아빠는 교문까지 뚝 떨어져서 걸어갔다.

원래부터 그래 왔다. 아빠와 나란히 서서 가까이 걷고 싶은 생각은 없다. 난 아빠가 불편하다.

아주 어릴 때는 아빠와 손을 잡고 나란히 걸었지만, 한 살씩 나이를 먹어 가면서 아빠라는 존재는 점점 불편하고 무서운 존재로 자리 잡았다.

떨어져 살면서 그 생각이 더 깊어졌다. 남보다도 불편한 사람, 지금도 그렇다.

아빠가 들어간 곳은 피자 가게였다.

오전이라 그런지 분위기가 한산했다. 아빠는 자리를 잡고 앉더니 나에게 손짓을 했다.

잠시 후, 점원이 주문을 받으러 왔다.

아빠는 이것저것 주문을 했고, 주문을 받은 점원은 돌아갔다.

그 후로 아빠와 나 사이에는 아무 말도 없었다.

아직 음악조차 틀어 놓지 않은 피자집은 조용하기만 했다.

누구도 먼저 서로에게 말을 건네지 않았다.

차라리 이게 좋다. 난 아빠와 마주 앉아 있다는 사실만으로도 충분히 불편하다.

잠시 후, 주문했던 피자가 나왔다.

아빠는 피자 한 조각을 떼어 내서 내 앞에 내려놓았다.

익숙하지 않은 아빠의 행동, 예전 같았으면 기대조차 할 수 없던 일이다.

엄마와 아빠가 이혼을 한 것은 내가 초등학교 3학년 때다.

그 전에도 종종 별거를 한 적은 있지만 길어야 1년이었다.

그때는 어릴 때라 그 이유를 정확히는 모르겠지만, 내가 잠든 중에 서로에게 나를 떠밀며 돈 얘기를 했던 걸로 봐서는 돈이 가장 큰 이유였던 것 같다.

그때 엄마나 아빠에게 돈은 자식인 '나'를 돌아보지 않을 만큼 중요한 의미였나 보다.

결국 나는 엄마와 같이 살게 되었다.

엄마와 살면서 항상 남에게 고개 숙이며 돈에 시달리는 엄마를 봐 왔지만, 친구들과 놀러 가는 일만 빼면 나에게는 그다지 힘든 생활은 아니었다. 엄마는 모르겠지만 나는 그랬다.

'가난'보다 힘들었던 건 엄마도 아빠도 나를 돌보지 않으려 했다는 상처였다.

"먹어."

꽤 길었던 침묵을 깨고 아빠가 말했다.

"안 먹어?"

"나 아까 매점에서 뭐 사 먹었는데."

"그래도 시켰는데 한 조각이라도 먹어야지."

아빠가 많이 변했다. 예전보다 흰머리도 더 많아지고, 주름도 늘었다.

변한 건 외모뿐만이 아니었다. 아빠가 하는 말 한 마디 한 마디가 모두 새롭다.

   예전 아빠는 저런 말을 할 줄 몰랐다.

"못 본 사이 많이 컸네."

"……."

"그동안 잘 지냈지?"

"응."

"아, 윤하야. 이거."

아빠는 가방에서 하늘색의 봉투를 꺼내서 나에게 건넸다.

하늘색 봉투 안에는 네모난 모양의 납작한 뭔가가 들어 있었다.

"이게 뭐야?"

"꺼내 봐."

봉투 안에는 내가 평소 듣고 싶어 하던 앨범이 들어 있었다.

"윤하 에미넴 좋아했잖아. 베스트 앨범 나왔더라."

"……."

"미안하다, 윤하야."

"……."

"미안해……. 못난 아빠 만나서 하고 싶은 것도 제대로 못하고."

"아빠……."

"이렇게 된 것도 다 아빠 잘못이야."

태어나서 아빠에게 처음 받은 선물.

난 아빠가 나에게 관심이 없는 줄 알았다.

이제 엄마와 이혼하고 남남처럼 지내니까 나란 건 까맣게 잊은 줄 알았다. 내가 아빠를 그렇게 서서히 잊어 가고 있는 것처럼.

"엄마는 잘 지내고 있지?"

"응."

"그동안 못 찾아와서 미안하다, 윤하야."

아빠는 예전과 많이 달라졌다.

당당함, 큰 목소리, 예전의 아빠는 없고 어깨도 작아졌다.

아니, 변한 건 아무것도 없다. 변한 건 아빠의 어깨가 아니라 나였다. 내가 커 버린 만큼, 아빠는 그만큼 더 작아져 있었다.

"마음에 들어?"

"응……."

"다행이네, 벌써 샀으면 어쩌나 걱정했다."

난 어린이날이나 생일날에도 아빠에게 선물이란 걸 받아 본 적이 없다. 축하한다는 말을 들었던 기억도 없다.

아빠는 그런 사람이었다. 하나뿐인 딸에게 따뜻한 말 한마디 할 줄 몰랐고, 한없이 크기만 한 사람이었다.

난 아빠가 무서웠다. 아빠에 대한 나의 마음은 항상 짝사랑이었다.

어렸던 나에게는 그게 아빠가 싫었던 가장 큰 이유였다.

"어디 가고 싶은 데 없어?"

"……."

우리는 결국 반도 먹지 않고 자리에서 일어섰다.

가게에서 나온 아빠는 다시 가고 싶은 곳이 없냐고 물었다.

"없어."

"정말 없어?"

"응, 없어."

난 없다고 대답하고, 가게에서 먼저 나와 버렸다.

아빠와 오래 같이 있고 싶지 않았다. 너무 불편하다.

"그냥 집에 갈래."

"벌써?"

"가고 싶어."

"잠깐만 윤하야. 아빠가 집까지 데려다 줄게."

"괜찮아. 혼자 가도 돼."

"그럼 정류장까지만이라도 데려다 줄게. 가자."

아빠와 나는 조금 거리를 두고 정류장으로 걸어갔다.

아빠는 지금 내 마음을 너무 쉽게 생각하고 있는 것 같다.

그동안 떨어져 있던 시간만큼 아빠에게서 멀어졌고, 그만큼 미워했다.

하루로 모든 게 해결될 수는 없다.

오늘 하루가 아니라 평생이라도 모자라다.

얼마 가지 않아 버스 정류장에 도착했다.

우리는 아무 말 없이 버스만 기다렸다. 누구도 먼저 말을 꺼내지 않았다.

내가 타야 하는 버스가 원래 자주 오는 편이 아니지만, 오늘은 특히 더 하다.

벌써 버스 몇 대가 지나갔을 시간.

아주 한참 동안 그냥 그렇게 앉아 있었다.

어색함을 먼저 깬 건 아빠였다.

"아빠 오늘 지방 내려가. 취직했거든."

"그래?"

"이제 얼굴 보기 힘들 거야. 그래서 마지막으로 윤하 얼굴 보고 가려고 온 거야."

아빠는 목소리가 차 소리에 겨우 묻히지 않을 정도로 작은 소리로 말했다.

아빠의 말이 끝나자마자 버스가 도착했다.

"갈게."

"그래, 조심해서 가."

나는 버스에 올라탔고, 아빠는 버스가 출발하기 전까지 내 얼굴을 쳐다봤다.

그리고 한 번도 본 적 없는 미소를 지으며 천천히 나를 향해 손을 흔들었다.

난 아빠의 모습이 보이지 않을 때까지 창밖을 내다봤다.

이제 보고 싶어도 못 볼 텐데, 오늘 너무 못되게 군 걸까?

사실……, 아빠를 미워하는 마음은 없다. 단지 미워하고 싶었을 뿐이다. 항상 강해 보이던 목소리 큰 아빠의 모습을 좋아하고 싶지 않았을 뿐이다.

억지로라도 생각해 내려 애썼던 아빠의 나쁜 점, 싫은 이유 같은 건 사실 나를 위해서였다.

아빠를 미워해야 했기 때문에.

아빠 때문에 눈물 흘리던 엄마 때문에.

그리고 아빠가 내 앞에서 약해지는 걸 원치 않았기 때문에.

언젠가 아빠가 나에게 자기 같은 사람과 결혼하지 말라고 했던 말이 떠오른다.

어렸을 적이라 기억은 잘 나지 않지만 술 취한 아빠에게서 그런 말을 들은 나는 내 방에 들어와 베개를 적시며 잠이 들었던 것 같다.

나는 그때 항상 강하기만 하던 아빠가 약해지는 게 무서웠다.

그런데 오늘 아빠가 그렇게 약해진 모습으로 내 앞에 나타난 것이다.

집에 도착해 문을 들어서다가 막 현관을 나서는 엄마와 마주쳤다.

"왔어?"

"엄마 어디 가?"

"일 나가야지."

"왜 이렇게 일찍 나가? 아직 시간 안 됐잖아."

언젠가 엄마가 나보다 일을 더 중요하게 여긴다는 생각을 한 적이 있다.

지금도 가끔씩은 그런 생각이 들곤 한다.

엄마의 눈은 항상 빨갰다. 항상 빨갛게 충혈되어 있었다.

그렇게 피곤한 몸으로 엄마는 또 일을 나가고, 밤새도록 그렇게 힘들게 돈을 번다.

아빠와 떨어져 살기 시작하면서부터 엄마는 이렇게 변해야만 했다.

"오늘 사람이 하나 안 나왔대서. 대신 밤에 일찍 올 거야. 갔다 올 테니까 자고 있어."

"응."

엄마는 서둘러 현관을 나섰고 난 문을 잠그고 방으로 들어왔다.

그리고 TV를 켰다. 조용했던 집이 TV 소리로 가득 찼다.

난 아빠가 사 준 CD를 다시 보고 책상에 올려 뒀다.

그리고 평소에는 무심코 지나치던 쓰러진 액자를 바로 세웠다.

하나밖에 없는 가족사진.

9년도 더 된, 아주 오래전 가족사진.

먼지를 닦아 내고 액자를 들여다봤다.

사진 속에는 9년 전 내가 있고 엄마가 있다.

오늘 마지막에 보여 준 것과 똑같은 미소를 띤 아빠도 있다.

그때 여섯 살짜리 나는 아빠를 미워하고 싶지 않았나 보다. 천진난만하게 웃고 있다.

좋아 보이잖아.

행복해 보이잖아.

지금처럼 거리를 두고 앉지도 않았잖아.

돌아가서 다시 시작하고 싶지만 돌아갈 수 없다는 걸 잘 알고 있다.

돌아가기에는 시간이 너무 많이 흐른 걸까.

나는 다시 액자 자리를 바로 잡으며 중얼거린다.

많은 시간이 흘러 버렸지만 완전히 늦지는 않았어.

언젠가는 저 사진의 모습처럼 웃을 수 있는 날이 올 거야.

그게 언제라는 건 중요하지 않다.

언제라도 괜찮다.

와 주기만 한다면……

| 후기 |

어릴 적 아빠에게 가끔 느껴 왔던 감정들을 써 보고 싶었어요. 남들과는 조금 다른 글을 쓰는 게 가능했다는 것에 대해 우선 지금은 아빠한테 감사합니다.

지금은 아니지만, 잠시나마 느껴 왔던 내 감정이 윤하의 생각이 되고 마음이 되니, 윤하를 표현하기가 좀 더 쉬웠던 것 같아요.

지금도 내가 모르는 마음속 어딘가에 미움이 남아 있을지 모르지만 웬만하면 모습을 드러내지 않았으면 좋겠어요. 마음이 아플 때도 있지만 더 넓고 예쁜 마음으로 살아가고 싶으니까요.

입장 〉 너는 너로, 나는 나로 마주 보고 있는 이 자리 !   입

로그인하시겠습니까?

김예빈(신월중 2년)

  헉, 헉…….

  검을 쥔 오른팔에 경련이 일었다. 검을 한 번 맞부딪친 것뿐인데 이렇게 되었다. 쉴 새 없이 파고들어 오는 몬스터의 공격에 나는 점점 지쳐 갔다. 여기서 포기할 수는 없어. 나는 기운을 차려 몬스터를 향해 주문을 외웠다.

  "대지를 가르는 힘이여, 그 거룩한 이름 아래 계약을 맺노니, 나에게 힘을 나누어 줄지어다. 어스 퀘이크!"

  겨우 중급 주문으로 저 무자비한 몬스터를 처리할 수는 없겠지만, 나는 지푸라기라도 잡는 심정이었다. 그러나 신은 내 편에 서 있지 않았다. 마법은 아무 효과도 발휘하지 못했다.

  콰과과광. 거대한 파괴음이 귓가를 찔러 온다.

"……일어나!"

어디선가 들려오는 낯선 목소리. 아름답고 부드럽다. 그래, 이것은 환청일 것이다. 이곳에는 아무것도 존재하지 않는다. 목소리 따위가 들릴 리 없어.

쓰러져 있던 나를 보던 몬스터가 도끼를 높이 들었다. 그리고 내리쳤다. 쾅!

이렇게 죽는 것인가. 눈앞이 흐릿해지면서 멍한 느낌이 나를 지배한다. 그때 누군가가 나를 부르는 것 같았다. 어디선가 새하얀 빛이 나를 비추었다.

"일어나세요, 서린!"

전쟁터에서 나를 부르는 목소리가 있다면 이는 십중팔구 신이리라. 나를 데리러 온 거겠지. 나는 손을 내밀었다.

"일어나세요, 서린!"

신의 간절한 목소리에 나는 그의 손을 잡았다. 그리고 보이는 건 천국……이 아니라 어, 이 감각은? 진짜 손이다.

"서린, 일어나라니까 선생님 손은 왜 잡는 거지?"

"……에?"

나는 실눈을 뜨고 쿡쿡쿡 웃고 있는 아이들을 둘러보며, 286 컴퓨터에도 못 미치는, 평균 60을 한 번도 넘어 본 적이 없는 내 고물 두뇌를 사용해서 최대한 재빠르게 상황을 분석하기 시작했다.

지금은 학교, 거기에 졸리기로 유명한 5교시 국사 시간. 고려 말 정세가 어떻고, 공민왕이 어쩌고, 하는 데까지는 기억이 난다. 맞다, 수업 시작 채 10분도 안 되어 잠이 들었고, 꿈속에서 오늘 새벽까지 즐기던 게임의 몬스터와 혈전을 벌이다가 깬 것이다. 내가 손을 잡고 있는 이 선생님은 누구인가. '절대로 이 선생님한텐 걸리기 싫다!' 베스트 1위의, 방금 꿈에서 만난 몬스터보다 훨씬 무서운 길이 50센티미터, 두께 2밀리미터 쇠 자의 주인공 혁이 선생님!

……결론이 분명해졌다. 몇 시간 후 내 짧은 15년 인생이 50센티미터 쇠 자에서 끝나게 되리. 차라리 꿈속이 낫지. 꺄아아!

이런 나의 처절한 심정을 알 리 없는 혁이 선생님은 내 얼굴을 흘끗 보더니, '역시 너구나.'라는 표정으로 말씀하셨다.

"서린, 끝나고 교무실로 오는 거 알고 있겠지?"

"……네."

"자리에 앉도록. 아, 손은 놓고, 침도 좀 닦아. 자, 그러면 공민왕이……."

으윽, 애들이 계속 낄낄거리며 쳐다본다. 수업 시간에 자다가 걸린 사람 처음 보냐. 하, 오늘도 일이 꼬이는구나.

자리에 앉은 나는 정신을 차리고 수업에 열중했다, 라고 하면 좋겠지만, 다시 자리에 눕고 말았다. 새벽 4시까지 정신노동에 시달린 몸에 지루한 수업은 무리인 것이다. 공민왕이 죽을 끓이든 밥을 태우든 내 알 바 아니다. 어차피 끝나 버릴 인생. 즐기자, 즐겨!

그리고 방과 후, 1주일 동안 화장실 청소라는 고리타분한 벌을 받게 됐다. 지금이 무슨 80년대란 말인가. 아이쿠, 골이야.

집으로 가는 하굣길. 단짝 친구 마리에게 내내 시달려야 했다. 서린 인생 너무 괴롭다.

"서린, 그거 알아? 너 아까 국사 시간에 엄청 웃겼어."

"시, 시끄러!"

"혁이 샘 손까지 잡고, 도대체 무슨 꿈을 꾼 거야? 로미오와 줄리엣? 꺄하하."

"사느냐 죽느냐 그것이 궁금한 건 바로 너다. 나쁜 계집애! 친구의 불행을 즐겨?"

"그건 햄릿인데? 바보 서린."

"시끄러! 진. 마. 리."

"그런데 어제 뭘 했기에 그렇게 하루 종일 비몽사몽이야?"

"그게 있지, 새로 나온 온라인 게임이 있는데, 그거 진짜 최강이야! 새로운 그래픽 엔진에 게임 룰도 특이해! 최고는 몬스터를 한 대 칠 때마다 온몸에 전율이 찌릿찌릿!"

"결국 게임하다 그런 거군. 게임 폐인 서린."

"시끄러, 이 악마야."

집 앞에서야 머리의 손아귀에서 벗어나게 되었다.

나는 나의 성지로 들어섰다.
다녀왔습니다. 라고 외쳐 봤자 아무도 대답하지 않는 조용한 집이다.
아빠는 당연히 회사 일, 엄마도 회사 일. 오빠도 당근 놀러 갔겠지. 엄마가 내 저녁밥 값으로 놓아둔 만 원짜리 한 장이 덩그라니 식탁에서 나를 기다리고 있다. 이제는 너무나 익숙한 풍경이어서 내 자신이 그다지 불쌍하게 여겨지지도 않는다.
부엌에서 귤을 몇 개 가지고 나와 컴퓨터를 켜고, 어제 시작한 게임에 접속을 했다.

〔로그인하시겠습니까? 월드에 접속이 되었습니다. 접속을 환영합니다.〕

게임에서 내 캐릭터는, 단무지같이 노~란 금발 머리에 시금치 빛의 눈을 지닌 여자 캐릭터 '콩'이다.(묘사가 이런 이유는 지금 배고프기 때문이다.) 누군가가 나에게 말했지. 나에게 부족한 것은 미모와 센스라고. 아하하.
자, 그러면 게임 시작이다!
얼마든지 덤비라고! 나는 소리를 친다. 이렇게 소리를 치고 발이라도 굴러야 덜 외롭고, 덜 답답하다.

〔콩 : 살려 주세요~오!〕

벌써 몇 분째인가. 나는 검을 떨어뜨리고 사냥터에 대자(大)로 누워 있다.

푸하핫. 오늘 꾼 꿈이 현실이 되었는지, 멋진 포즈로 죽었다. 쇠자의 망령도 몬스터도 아닌 다른 유저, 그것도 생전 처음 보는 사람한테 맞아서. 이 게임에 존재하는 특이한 시스템 중 하나는 마을이든 일반 필드든 다른 캐릭터를 보고 '얼굴이 이상하다!'라는 한심한 이유를 가지고도 얼마든지 때릴 수도, 죽일 수도 있다는 것이다. 사실 아이템만 있으면 다시 살아날 수 있으니 죽었다는 말보단 상태 불능이란 표현이 더 정확하겠지만. 어쨌든 난 죽었고, 이곳에는 아무도 없다. 좀 많은 페널티를 물더라도 마을에서 부활을 하려는데, 어, 채팅창에 낯선 색의 글씨가 떴다.

〔상태 불능이 회복되었습니다.〕

아싸, 살아났다.

나를 구해 준 건 우연히 주위를 지나던 멋진 긴 은발의 캐릭터였다. 아이디는 실베스테르. 검은색으로 물들인 갑옷 위에 긴 은발이 바람을 따라 반짝이며 춤을 추는 것 같다. 은회색 눈과 새하얀 피부가 시리도록 차가웠지만, 입가에 살짝 맺혀 있는 미소에 왠지 모를 친근감이 느껴졌다.

저런 외형도 있었구나! 멋지다. 어쨌건 감사하단 인사부터 해야겠지?

〔콩 : 살려 주셔서 감사합니다! ;ㅂ; 여기서 화석 되는 줄 알았어요!〕

〔실베스테르 : 비매너 유저한테 당하셨군요. 조심하세요.〕

〔콩 : 헤헤... 사실은 제가 시작한 지 얼마 안 돼서요. 정말 강해지고 싶어요! 그래서 저런 사람들을 그냥!!〕

〔실베스테르 : 하하... 그럼 제가 도와드릴까요?〕

호오, 도와주신다니. 시작한 지 얼마 되지 않은 데다 혼자서 플레이하기 때문에(마리는 컴퓨터를 금지당했다.) 말동무도 필요했고, 아까 날 쓰러뜨린 녀석한테 복수도 해야겠는데……. 캐릭터도 멋지고 매너도 있는 것 같고. 음, 거절할 필요가 없지! 어서 옵쇼! 멋질 것 같은 남자 분!

〔콩 : 아, 저 때문에 굳이 그러실 필요는 없어요!〕

〔실베스테르 : 사양하지 마세요, 그냥 말동무만 되어 주시면 돼요.(웃음)〕

〔콩 : 헤헤... 그러면 부탁드려도 될까요?〕

〔실베스테르 : 말씀만 하세요, 레이디!(웃음)〕

〔콩 : 아, 그런데, 오빠...라고 해도 되죠? 몇 살이세요?〕

〔실베스테르 : 스무 살. 대학교 1학년! 콩...양은?〕

〔콩 : 저는...〕

흠, 스무 살이면 나와 다섯 살 차이. 나이 차이가 너무 많은 것 아닌가? 어리다고 상대 안 해 줄 것 같은데 말이야. 좋아, 그렇다면…….

〔콩 : 17살. 올해 고등학교 1학년생입니당~〕

"그게 그렇게 좋아?"

내 얘기를 듣던 마리가 물었다. 다른 애는 몰라도 이 녀석한테는 꼭 말해 주고 싶었다. 나한테도 남자가 있다! 으하하하!

"후후, 부러우냐? 솔로 인생 15년 진마리 양."

"사귀는 것도 아니면서 까불지 마. 그래서 대학생이래? 남자야?"

"내가 남자 아니면 뭣 하러 너한테 얘기를 하겠어?"

"밝히긴. 자세히 좀 말해 봐!"

"대학교 1학년인 한세건 오빠야! 진짜 최고라니까! 매너 없이 덤비는 사람도 오빠가 다~ 혼내 주고, 친절하고. 하! 딱 내 이상형이라니까. 정말 최고야!"

"좋은 인연을 만들든지 갈든지 상관은 없지만 말이야, 서린."

"응?"

퍽! 마리가 손에 들고 있던 책으로 내 286 머리를 강타했다. 이 녀석, 얼굴은 예쁘장하지만 성질은 정말 고약하다. 마리 얼굴에 속아 넘어간 몇몇 남자 애들, 너희를 동정하마!

"숙제는 해 와! 이 축생 서린!"

마리가 수학 공책을 내밀었다.

"아, 아파! 친구 한 명 살리는 셈 치라고!"

"니가 친구냐? 너한테 나는 숙제 대리인밖에 안 되는 거지?"

"매점 빵으로 해결 봅시다."

"두 개!"

"하나!"

"나라면 차라리 500원에 점수를 얻고 말지."

"친구라며~, 상부상조! 어려울 때는 도와야 되는 거 아냐?"

"시끄럽고, 다음 시간이 수학이니까 빨리 베끼고 줘."

"예, 마님~!"

"그리고 게임 좀 줄여! 너 요즘 너무 하는 거 아냐? 예전에는 숙제는 해 왔잖아. 그거 민폐라고. 그리고 여자 애가 눈가에 다크써클이 다 뭐야?"

"줄여 보도록 하겠습니다, 마님."

"귓등으로라도 조금 들어 주시지요, 폐인 나으리."

"콧등으로라도 잔소리는 싫사옵니다."

뾰루퉁한 표정으로 쳐다보는 마리에게 아부성 웃음을 날렸다.

"아, 그거보다 마리. 부탁 좀 들어줘."

"뭔데?"

동그란 두 눈을 굴리며 물어본다. 이게 바로 그 유명한 진마리의 전매특허, '나는 아무것도 몰라요.' 라는 표정이군.

"인터넷 캠으로 찍은 사진 있지? 거 보내 주라."

"갑자기 캠 사진은 왜? 설마 서린……, 너?"

뜨끔! 다 안다는 듯한 시선에 식은땀이 날 것 같다.

"내가 친구를 팔아먹겠냐……. 우유 하나 추가로 끝내자!"

"좋아!"

바보 진마리. 네 아리따운 얼굴을 내 사교에 보태 주렴.

〔콩 : 그래서 오늘 마리가요~, 빵을 두 개 먹다가 체해서 양호실로 배달됐다니까요. 하여튼 정말 웃긴 애예요.〕

〔실베스테르 : 마리라고? 이름이 특이하네.〕

〔콩 : 네. 그 이름도 유명한 진마(眞魔, 진짜 괴물)리.〕

〔실베스테르 : 푸, 말장난은 그만! 아, 그것보다 사진 보내 주기로 했지?(웃음 x99)〕

〔콩 : 보, 보고 놀리면 안 돼요! 못생겼다고 하면 상처 받을 거야! 'ㅂ'!〕

휴. 내 얼굴을 보내면 안 될 듯한 느낌이 들어서, 남자 애들 사이에서 인기가 좋은 마리 사진을 보냈다. 나 같은 암울한 청춘의 사진보단 훨씬 낫겠지. 하, 울고 싶다!

〔실베스테르 : 푸, 이 녀석...〕

〔콩 : ...그래도 꽤 잘 나온 건디!〕

〔실베스테르 : 아니 생각보다 꺼뻐서.(웃음)〕

〔콩 : 제가 좀 예쁩니다, 에헴!〕

〔실베스테르 : 아, 깜박했네. 우리 내일 만나기로 한 ㄱ 알지?〕

〔콩 : 당연하죠. 셰건 오빠, 나 무시하지 마요!〕

〔실베스테르 : 후후. 그럼 나 간다. 내일 보자!〕

〔콩 : 네! 내일 봐요!〕

밝게 인사하고 나오긴 했지만, 큰일 났다. 큰일 났다!

뇌를 아무리 바쁘게 작동시켜도 답이 나오지 않는다. 하룻밤 사이에 두 살을 어찌 더 먹으며, 박씨 부인도 아닌데 어찌 미모로 바뀔 것인가. 어떻게 날뛰든 간에 한 가지 확실한 것은, 지금 이것은 신의 시련이란 거다.

실제로 나는 다크써클로 뒤덮인 우울한 15살. 멋진 세건 오빠는 나를 17살로 알고 있으며, 또한 인형 같은 외모의 마리를 나로 알고 있다.

그러나 나는 나고 마리는 마리다. 나와 마리의 차이는 크다. 다른 사람으로 연기는 할 수 있어도 살아가는 것은 불가능한 일이다. 내가 가상에서 만들어 낸 '콩'도 내가 아니다. 결국 세건 오빠나 다른 사람들은 나와 친한 게 아니고 '콩'과 친한 거다. 결국 그런 거였다.

사람들은 나를 사랑한 게 아니야. 이런 생각이 들자 난데없이 슬퍼지기 시작했다. 가슴이 불로 데인 것처럼 쓰렸다.

서린, 한밤중에 이 무슨 청승이란 말이냐. 머릿속에 아무것도 들어오지 않아서 옆에 있던 인형을 꼭 끌어안고 있었다. 그때다.

또각. 또각또각. 딩동!

발소리가 점점 크게 들리더니 이어서 현관종 소리가 들린다.

시계를 보니 새벽 1시. 벌써 시간이 이렇게? 나는 젖은 눈가를 대충 비비고 문을 열었다.

"다녀오셨어요?"

"……."

어제와 다름없이 피곤해 보이는 얼굴. 창백한 피부에 내려간 입꼬리는 엄마가 오늘 얼마나 힘들었는지를 말해 주고 있다.

"서린아, 옷은 갈아입고, 게임 좀 그만하지? 벌써 시간이 이렇게 됐잖니."

교복을 입고 있는 나를 한동안 바라보던 엄마는 한숨을 쉰 후 방으로 들어갔다.

엄마 표정은 날이 갈수록 어두워진다. 지치고 피곤한 표정.

사는 게 그렇게 힘든 걸까. 그렇게 일이 힘들면 차라리 쉬거나, 솔직하게 힘들다고 말을 하지. 아무것도 말해 주지 않는 엄마를 보고 있자니 쓰린 가슴이 더욱 쓰렸다.

……그래, 솔직하게 말하고 툭 털어 버리는 것이 나을지도 몰라. 바보처럼 혼자 껴안고 있어 봤자 가시가 되어 나를 찌를 뿐이다. 상처를 받더라도 모든 것을 풀어 버리자. 알았지, 이서린!

그런데, 참 숙제가 있었지? 이런 젠장! 마리가 또 어떤 구박을?

서둘러 잔뜩 가열된 컴퓨터를 끄고 책상 앞에 앉았다. 그러나 10분도 안 되어 나는 잠들었고, 결전의 날이 밝았다.

후우, 추워라.

이제 슬슬 겨울로 접어드는지 날씨가 차다.

공원을 둘러싼 앙상한 검은 나무와 청회색의 하늘이 슬픈 분위기를 자아내고 있다. 아직껏 시든 채 나무에 붙어 있는 이파리가 초라하다. 하아, 뿜어져 나온 입김이 뽀얗게 구름이 되었다가 흔적도 없이 사라졌다.

지금 내 심정을 정리하자면,

1. 떨린다
2. 부끄럽다.
3. 형용할 수 없는 무언가가 나를 집어삼킬 것 같다.
4. 두렵다.

나는 지금 내 거짓말을 원망하고, 다가오는 '배드엔딩'에 약간은 떨고 있다. 그러나 솔직히 털어놓을 거라고 생각하니까 후련한 생각도 들었다. 그럴지라도 한세건 오빠는 꼭 보고 싶었다. 오늘까지구나, 내 게임은. 후훗.

시간이 거의 다 되어 가서, 불안한 마음으로 약속 장소로 갔다.

한적한 공원. 분수대 앞에서 만나기로 했는데 대학생으로 추정되는 남자는 아무도 없었다. 나처럼 누군가를 기다리는 것 같은 여대생 한 명과 조깅을 하러 나온 사람, 그리고 머리에 무스를 잔뜩 바르고 온 버릇없게 생긴 초등학생 하나. 한참을 기다려도 나의 실베스테르는 나타나지 않았다.
　약속을 안 지킬 사람 같진 않았는데……. 뭐야, 나 바람맞은 건가? 열심히 설명하고 사과할 자신도 있었는데. 뭐, 어쩔 수 없지.
　집으로 가려고 발걸음을 돌렸다. 그때 뒤에서 남자의 목소리가 들려왔다.
　"……저기, 혹시 콩 양인가요?"
　두근 두근 두근.
　"네……. 맞는데요?"
　그런데 목소리가……. 설마? 이상한 낌새에 뒤를 돌아보았다. 맙소사!
　"콩 양, 반가워요. 내가 실베스테르 한세건이에요."
　하하하하. 이놈의 신은 항상 나만 비껴간단 말이지!
　내 앞에 있는 실베스테르는 대학생도 아니고, 멋진 긴 은발도 아닌, 그 버릇없게 생긴 초등학생이었다. 무스로 앞머리를 쫙 올린!

　"꺄하하하! 푸하하하!!"
　"마리! 너도 그 꼬마 꼴 나기 싫으면 조용히 있지?"
　교실에서 실베스테르와 나의 스펙터클한 이야기를 듣던 마리가 죽어라고 웃어 젖힌다. 애들이 쳐다보는데도 웃음을 그치지 않는다.
　"니 성격상 그냥 오지는 않았겠고. 몇 대 팼겠지?"

"그러면 안 패냐? 깐죽거리는 녀석을."

"후후, 이걸로 교훈을 좀 얻었겠지? 그럼 난 먼저 갈게~."

진마리! 결국 위로는 한마디도 안 해 주고! 살랑거리며 뛰어가는 마리의 뒤통수를 향해 지우개를 던졌다.

교훈이라…….

우연히 시작되어서 너무나도 간단하게 끝나 버린 일이라서 결론도 간단했다.

"게임을 하지 않는다!"

진짜 며칠은 컴퓨터에 손도 대지 않았다. 학교생활도 정상적으로 돌아왔다.

이걸로 잘된 거겠지. 모든 것이 해피엔딩이겠지.

"다녀왔습니다."

아무도 없는 집안, 그 적막함과 외로움에 익숙하다고 자처한 것은 오만이었을까?

'어서 오세요. 오늘은 어땠어요?'

'그랬군요. 많이 힘들었어요? 놀아 줄까요?'

예전에 나를 반겨 주던 그 목소리가 허공을 떠다니며 작게 울린다.

물론 콩, 이 녀석은 머릿속에서 지워 버렸다. 다른 아이디를 볼 마음도 없고, 실베스테르 또한 다시 보고 싶지 않았다.

그러나 따스한 손길, 다정한 목소리……. 유일하게 나를 반겨 주던 목소리에 모든 걸 맡겼던 그때가 자꾸 떠올랐다.

나는 컴퓨터 앞에 앉아 조원을 눌렀다.

한 번만 더, 꼭 한 번만 더. 그리고 반드시 해야 할 한 가지가 있다. 나를 속인 그 녀석을 절대로 용서할 수 없어! 다시는 그런 짓을 못하게 응징해 줄 필요가 있어, 암!

"……."

"결론은 또 밤을 새고, 숙제를 하지 않았습니다?!"

열심히 마리의 숙제를 참고하고 (베끼는 게 아니야!) 있는 나에게 마리는 잔소리를 멈추지 않는다.

"어이쿠, 서린 양. 며칠간 게임 좀 그만 하나~ 했더니 금세 그렇게 눈이 뻘겋게 되어서 나타나니 마약 중독이랑 다를 게 뭐야?"

"바쁜데 말 걸지 마라."

"마음 같아선 한 대 쥐어박고 싶지만, 곧 혁이 샘이 오시니까 참는다."

"으억! 벌써 시작 시간이야?"

"졸지 마라, 서린!"

그렇게 수업이 시작되었고, 일과가 진행되었다.

수업이 다 끝나고 가방을 챙기는데 마리가 얼굴을 코앞에 바짝

디밀었다.

"오늘의 서린, 성적을 발표하겠습니다!"

"하지 마!"

"1교시부터 6교시까지 졸다가 복도로 쫓겨 나간 것이 3회, 숙제 안 해 와서 뒤로 쫓겨난 것이 2회. 결국 내내 쫓겨나서 살았습니다. 추방 인생!"

"시끄러워, 진마리!"

그러고 보니 하루 종일 서 있었군. 너무 처참했나?

"서린, 진지하게 이야기 좀 합시다."

"뭡니까?"

"그런 일이 있었는데도 아무런 교훈도 못 느낀다 이겁니까?"

"아니 뭐, 사람에겐 이런저런 사정이란 게 있어서 이러저러하게 살아가는 게 아닐까?"

"변명 한번 잘한다."

"미안합니다. 말재주가 없어서."

"삐죽삐죽 입 내밀지 마. 진짜 오리 같아."

"진지하게 이야기하고 싶은 게 뭔데?"

도대체 이 녀석이 무슨 말을 하려고 이렇게 분위기를 잡는 거지?

"요즘 이서린은 어리지도 않은 나이에 아리따운 진마리에게 피해를 잔뜩 주고 있습니다."

"……동의합니다, 쩝!"

"게임, 못 끊겠어?"

"지금 하는 거 보면 알잖아. 그런 일을 당하고도 도저히 지울 수 없는 감각이 있어서 말이지."

"그게 마약 중독 환자랑 다른 게 뭐냐고?"

"본론을 말해, 본론을! 마약 중독이라니!"

"어쨌건 친구로서 나한테 민폐 끼치는 것에 대해서는 정말 미안하게 생각하고 있지?"

"……응."

"그렇다고 게임도 못 끊겠고?"

"……응."

뭐야, 진마리. 독심술이라도 한다는 거야?

"좋아. 한 달 기한을 준다!"

"……에?"

"이렇게 가다가는 너는 너대로 '불능 폐인' 되고, 뭐 이미 그 경지까지 갔지만, 이 아리따운 마리는 마리대로 숙제 빵 얻어먹다가 살이 쪄서 안 될 것 같단 말이지."

"겨, 결론이 뭔데?"

"한 달!"

"한 달?"

"이제 도저히 못 봐주겠어. 딱 한 달 동안만 폐인 짓을 하든 뭘 하든 마음대로 해 봐. 숙제는 다 도와줄 테니. 외로움이나 괴로움이나 복수 같은 거 한 달 안에 다 끝내 버리라고. 시간 꽤 많지?"

"에? 무슨 뜻이야, 그게?"

"한 달 동안만 게임하고, 그 이후로 끊어 버려. 피해 주지 말라고, 바보 서린!"

외로움이나 복수 같은 것을 끝내 버리라니. 악인 마리가 이런 멋진 말을 해 주리라곤 생각도 안 했는데. 이 녀석이 내 일기라도 훔쳐봤나.

"대신 한 달 후 게임을 끊지 못하면 이 아리따운 마리와 관계를 끊어야 합니다. 관계 단절! 각오해야 합니다."

"진마리냐, 게임이냐?"

"같은 말을 두 번 반복하지 않습니다."

"……."

"침묵은 동의의 다른 표현입니까?"

"진짜……. 그렇게 해도 돼?"

"자신 있지? 이건 실제 상황이야. 나 독한 거 알지?"

"한 달 동안 숙제, 수행 이거 다 네가 도와주는 거지?"

"저 눈 반짝거리는 거 보라지. 하긴 286이 뭘 복잡하게 생각할 수 있겠어?"

"잠깐 감동하려고 했는데, 이런 악녀 같으니!"

〔콩 양 : 좋은 하루 보냈어요! 로이 언니, 그러면 내일 봐요★〕
〔로이 : 그래 콩, 꼭 내일 보자!〕

후후후, 또 한 명 성공! 지금 나와 대화를 나눈 '로이'라는 사람은 언니를 자칭하지만 남자임에 틀림없다. 난 이제 척 보면 안다.

보통 온라인상에서나 오프라인상에서나 이성에게 다가가긴 굉장히 힘들기 때문에(생판 남이라는 이유도 있지만) 자신을 여성으로 소개해서 친해진 뒤에 은근슬쩍 만나려는 남자들이 꽤 있다. 한심하기도 하지, 쯧쯧. 물론 나는 만나기로 한 약속에 나가지 않고, 그때 말하는 거다. "남자만 있고 언니가 없기에 그냥 와 버렸어요~."라고. 그러면 그쪽에선 아무 갈도 오지 않고 자연스럽게 교류가 끊기게 된다.

지금 나는, 게임을 포함해 모든 온라인 내에서 자신을 속이는 사람들을 한눈에 알 수 있을 만큼 눈치 100단이 돼 버렸다. 그리고 그들을 벌주는 철퇴 역할에 심혈을 기울이고 있다. 속죄라고 하기엔 너무 거창하고, 그냥 복수의 한 가지일 뿐이다. 그렇게 내린 정의의 철퇴만 그동안 스무 번이 넘는다.

나는 이 바닥에서 꽤 유명한(?) 사람이 되었고, 친구도 많아졌다.

실제로 우리 학교에 다니는 아이도 만났고, 메일이나 메신저로 쪽지를 주고받는 사람도 꽤 된다.

요즘 그렇게 사귄 사람들과 작별 인사 뭐 그런 비슷한 것을 하고 있는 중이다. 일부러 정이 뚝 떨어지게 굴기도 한다. 그 사람들에겐 굉장히 미안한 일이지만 어쩔 수 없다.

왜? 마리와 약속한 한 달이 내일모레로 다가왔으니까!

마리의 그동안 나날은 눈물겨웠다. "역시 그런 걸 제안하는 게 아니었어!"라며 빈정대긴 했지만, 수행 과제니 숙제를 꼬박꼬박 챙겨 주면서도 마리는 힘든 내색을 하지 않았다. 그런 진마리를 배반하면 이건 사람이 아니다. 영원히 게임을 끊고 살 수 있느냐는 문제는 나중 문제. 최소한 한 달 정도는 버틸 수 있겠지, 후훗.

내일모레는 거하게 한턱 쏠 예정이다. 진마리! 너를 내 진정한 친구로 임명하마!

떡볶이로 하자고 하면 이 인간이 나를 볶아 버리겠다고 덤벼들겠지. 그렇다고 이게 고기를 썰고 싶다고 하면……? 크헉, 내 용돈!

……마리가 그런 제의를 하기 전에 엄마가 마리를 만났다는 사실을 알게 된 건 그해 겨울이 지나고서였다. 봄이 오고 있었으므로 나는 모든 걸 용서하기로 했다.

| 후기 |

안녕하세요! 작가 디엘입니다.

음음, 소설을 쓰면서 겪은 고통에 대해서 얘기를 하자면 끝이 없을 것 같으니까, 소설이 대한 얘기를 조금 해 볼까요? 사실 이 소설은 제 얘기라고 해도 무방합니다. 네, 제 얘기에요. 실제로 게임 같은 것을 좋아하는 성격은 아닙니다만, 홀로 집에 있을 땐 사람이 그립잖아요? 온라인이라는 게, 자신뿐이 아닌 다른 사람도 보이기 때문에 의미가 있다고 생각해요. 지나가는 사람 구경도 꽤 재밌거든요. 나름대로의 인생이 있으니까.(웃음)

전 그냥 어쩔 수 없이 무언가에 정말 미칠 정도로 빠져 든 아이에게 생기는 여러 일들을 써 보고 싶었어요. 쓰면서 제 개념만큼의 개그를 집어넣었습니다만, 재미있게 읽으셨나요? 실은 혼자 막 웃으면서 썼어요. 원래는 조금 시~리어스한 전개를 하고 싶었는데, 너무 그거 일변도면 읽기 싫잖아요? 교과서도 진지해서 지겨운데, 후후.

p.s.아시는 분은 아시겠지만, 주인공들의 이름, 어디선가 본 적이 있죠? 소설 『월야환담』에서 따왔습니다. 너무 좋아하는 분이라서 그만 일을 저지르고 말았습니다! 전국의 팬 여러분, 용서해 주세요 그래도 재미있게 썼잖아요!

낭랑 16세, 그 존재감을 위하여

이민우(신월중 3년)

새 학년 학급이 배정되었다. 3학년 7반.

나는 배정 학급을 확인한 후 친구들을 헤집고 다니며 누가 7반이 되었나 '친구 모집'을 하러 다녔다. 앞으로 일 년은 순전히 누구와 한반이 되느냐에 달려 있기 때문이다. 그런데 붙잡고 묻는 친한 놈마다 다 다른 반이라고 한다. 대충 예측은 했지만, 학년 말 징크스에 제대로 걸려들었다. 1학년 때도 그랬고, 2학년 때도 그랬다. 그렇다고 교장 선생님 바짓가랑이를 잡고 '친한 애들하고 같은 반이 되게 해 달라.'고 매달릴 수도 없는 노릇이었다. 하지만 집에 아무도 없고 하필 열쇠도 없을 때, 마침 주머니에 돈이 있는 것처럼 아직 한 가닥 희망이 있으니, 제일 친한 친구 오경수가 남아 있었다.

킥복싱 도장을 다니고 있는 경수는 학교에서 공부도 웬만큼 하고 싸움도 잘하는 편에 속했다. 남자 사이에서 존재감을 가지려면 적어도 경수쯤은 되어야 했다.

복도에서 경수를 만났다. 나는 크리스마스를 앞둔 아이처럼 기대감에 부푼 얼굴로 물었다.

"오경수, 너 몇 반 됐어?"

"나 8반! 넌?"

허걱, 경수마저. 경수가 우리 반이 아니라는 대답을 듣는 순간, 옆구리가 썰렁해지는 느낌이 들었다. 산타 할아버지에게 나만 선물을 못 받은 기분이었다. 그래도 바로 옆 반이라는 것을 다행으로 여기며, 또 누가 없나 묻고 다녔다. 그러다가 딱 한 명, 7반이라는 아이를 만났다. 임. 규. 병. 임규병이 누구인가. 흔히 말하는 왕따 그룹으로, 유일하게 경수하고 나만 조금 놀아 주었던 아이다. 정말 기분이 깨끗해졌다.

나는 배정받은 7반 교실로 터벅터벅 걸어갔다. 규병이가 내 뒤를 조심스럽게 따라왔다.

3학년은 그렇게 시작되었다.

"홍승균! 일어날 시간이야! 얼른 일어나야지."

"으우우…… 5분만 더. 엄마, 5분만……."

나는 다시 이불 속으로 파고들었다.

내 나이 이제 낭랑 16세. 엄마 아빠는 아직도 나를 초딩으로 취급하지만, 천만의 말씀! 사춘기가 아닌가. 알 건 다 안다. 요즘은 야한 꿈도 자주 꾼다. 기분이 아주 좋고 때로는 묘하다.

좀 전에도 아주 짜릿한 장면으로 막 들어가는데 엄마가 흔드는 바람에 꿈에서 깼다. 나는 다시 그 꿈을 꾸어 보려고 눈을 감았으나 괜히 정신만 더 흐리멍덩해졌다.

세수하고 밥 먹고 양치하고, 교복 입고 거울 보고, 최대한 빨리 집을 나왔다. 이제 새 학년이 시작된 지 겨우 일주일, 아직 학기 초인데 늦고 싶지 않았다.

교실로 들어서니 여자 애들은 창가에 모여 수다를 떨고, 남자 애들은 뒤쪽에서 무리를 지어 팔씨름(남자 애들 사이에서는 학기 초에 팔씨름 판을 벌이는 게 유행으로 굳어졌다.)을 하고 있었다. 팔씨름이라는 유대를 통해서 서로 친해지고 있는 중이다. 이미 서열도 매겨졌다. 정준영이 1위이고, 난 대략 7, 8위급에 속했다. 꼴찌는 임규병. 아니 꼴찌라기보다는 아이들이 아예 끼워 주지 않았기 때문에 당연히 꼴찌로 인정받고 있었다.

어느새 규병이는 소리 없이 왕따가 되어 가고 있었다. '한번 왕따는 영원한 왕따!' 뭐 이런 게 있는 거다.

여기서 잠깐 정준영 얘기를 안 할 수 없다.

첫날 교실에 들어가서 아이들을 쭉 훑어보았을 때, 다른 애들은 다 착해 보였는데 정준영이 눈에 딱 뜨였다. 놈은 이른바 '일진'. 전교에서 싸가지 없기로 유명한 애였다. 꼭 일진이라서가 아니라 싸움도 못하면서 싸움 잘하는 형 '빽'을 믿고 학교에서 뻐기고 다니기 때문이었다. 나한테 특별히 나쁜 행동을 하거나 때리진 않았지만 벌써부터 욕과 힘으로 애들을 제압하고 다니는 것이 싫었다. 그렇다고 싫은 내색을 할 수도 없다. 오히려 나는 그 앞에서 어쩔 수 없이 빌빌거리는 축에 속했다. 약자의 설움이다.

시간이 흘러 4교시가 끝나기 1분 전. 서로 말은 없었으나 반에는 경계심과 적개심이 감돌았다. 이미 남자 아이들의 한쪽 다리는 모두 의자 밖으로 나와 있다. 종이 울리면 그대로 급식대를 향해 돌진할 자세다.

오늘 급식 메뉴는 비빔밥과 핫도그! 일 년에 한두 번 나올까 말까 한 유니크 아이템이다. 이런 메뉴일수록 얼마나 앞자리를 차지하느냐가 양을 결정하게 되어 있다.

띠리리리 리리리~.

종이 울리자, 아이들은 선생님이 뭐라 하든 말든 고함을 지르며 일제히 뛰어나갔다.

아이들 눈에 살기가 감돌았다. 이건 전쟁이다. 여자든 남자든 나보다 앞에 있는 아이는 적군이고, 나보다 뒤에 있는 아이는 아군이다.

"새치기하지 마."

"씨발아, 내가 건저 왔어!"

"자리 맡겨 놓고 잠깐 수저 씻으러 갔다 온 거라고."

한차례 전쟁 끝에 순번이 정해졌다. 선봉은 늘 그랬듯 정준영이 섰고 후방 쪽은 규병이가 맡게 되었다.

비빔밥을 수북하게 받고 핫도그에 케첩을 듬뿍 얹어 한참 맛있게 먹고 있는데 급식을 제일 늦게 받은 임규병이 정준영한테 주춤주춤 다가가는 게 보였다.

"저, 정준영…… . 그 수저 내 거 아냐?"

"이거? 아닌데?"

정준영의 표정을 봐서는 아마 맞는 것 같았다.

"그거 내 수저……. 내 거 같은데?"

"아, 씨발! 아니라고 했지? 미친놈아 뒈질러?"

"아니…… 그냥 내 거 같아서……."

순간 정준영이 숟가락을 획 교실 뒤편으로 던졌다. 챙! 날카로운 금속성 소리가 울려 퍼졌다. 교실이 조용해졌다.

"씨발! 그래 니 거야. 니 거니까 주워서 처먹던지."

그러고선 다른 애 것을 빌리더니 아무 일 없다는 듯 비빔밥을 버적버적 퍼 넣었다.

규병이가 불쌍했지만 뭐라 말하기가 어려웠다. 아이들은 모두 관심 없는 척 고개를 숙이고 열심히 밥 먹는 시늉을 했다. 비참하지만 나도 별수 없었다.

규병이는 수저를 씻어 고추장도 없는 비빔밥을 혼자 조용히 먹었다. 물론 핫도그도 받지 못했다.

한 달 뒤, 중간고사를 치르는 첫날이었다.

나는 공부를 못하는 편은 아니지만 첫 시험이라 적잖이 긴장이 되었다.

아침에 얼마나 서둘러 왔는지 필통을 열어 보니 컴퓨터 사인펜이 보이질 않았다. 책상 위에 챙겨 놓고 그냥 나온 것이다. 마침 주머니에 500원이 들어 있었다. 나는 1층으로 내려와 매점으로 향했다.

보도블록을 뛰어가다가 마침 담을 넘어(일명 담치기) 교실로 향하는 정준영과 눈이 마주쳤다. 순간의 정적. 난 딱히 할 말이 없어서 정준영에게 컴퓨터 펜이 있는지 물었다.

"준영아, 너 컴퓨터 펜 있어?"

"아니!"

"……오늘 시험인데?"

"그거 씨발, 빌리면 돼!"

"으, 응."

재수 없는 자식……. 나는 혼자 궁시렁거리면서 컴퓨터 펜을 사서 교실로 돌아왔다. 그때 정준영이 손짓을 했다.

"야, 홍승균! 너 얼마 남았냐?"

"엉, 돈 안 남았는데. 500원밖에 없었거든."

나는 아부성 웃음을 잊지 않았다.

"씨발, 애들 아구도 없대."

"그래? ……그럼 내가 옆 반에서 구해 볼까?"

"얼른 갔다 와!"

굳이 내가 안 해도 되는 일이건만 시키지도 않은 일을 자청해서 옆 반으로 갔다. 하지만 옆 반도 사정이 똑같았다. 하는 수 없이 욕 먹을 각오를 하고 다시 교실로 왔는데 의외로 정준영의 표정이 밝았다.

"준영아, 옆 반에도 없대."

"괜찮아. 저 새끼 거 꼬렸어."

저 새끼? 나는 정준영이 가리킨 '저 새끼'의 방향을 보았다. 바로 내 뒷자리의 규병이었다. 규병이는 아무것도 모른 채 열심히 책장을 넘기고 있었다.

야, 등신아. 정준영이 니 컴퓨터 펜 가져갔어. 가서 달라 그러든지, 아니면 어디 가서 하나 구해 봐! 그러나 마음만 그럴 뿐 입이 떨어지지가 않았다.

순간적으로 뇌 속에서 많은 생각들이 오고 갔다. 나는 곧 생각을 정리했다.

'내가 해를 당하지 않으려면 누구든 한 명은 희생돼야 해. 그게 규병인 거고. 내가 어떻게 할 거 아니면 그냥 넘어가자. 어떻게 되겠지.'

결국 내 뇌에는 비겁한 결론을 내렸고, 뇌의 수신을 받은 입은 그대로 침묵했다.

이럴 때 경수라면 어떻게 했을까?

나는 어려운 상황에 부닥치면 가끔 경수를 떠올리곤 한다. 경수는 내가 보기에도 판단하는 것이 시원했고 어른스러운 데가 있었다. 경수라면 이런 결론을 내리지는 않았을 것이다. 그러나 더 길게 생각하기에는 당장 눈앞의 시험이 급했고, 시간이 없었다.

난 생각을 꽉 닫고, 아무것도 모르는 척 공부를 하기 시작했다.

'♪♫♩~.'

시험 시작을 알리는 종소리가 울렸다.

시험 감독 선생님이 들어올 동안, 나는 긴장을 풀기 위해 잠깐 눈을 감고 책상에 엎드렸다. 그런데 뒤에서 계속 달그락거리는 소리가 들렸다. 신경이 쓰여 뒤를 돌아보니 규병이였다. 책상을 뒤지며 컴퓨터 펜을 찾고 있는 듯했다. 안쓰러웠지만, 단지 안쓰러울 뿐이었다.

감독 선생님이 들어오고 곧 시험이 시작되었다.

첫 시간은 수학. 문제지를 뒤로 넘기면서 나는 규병이의 한숨 소리를 들었다.

이번 수학 문제는 꽤 어려웠다. 어떤 학부모가 시험의 난이도를 높이라고 항의를 했다더니, 모두가 2차 응용을 해야 하는 문제였다. 나는 수학을 아주 잘하는 편은 아니지만 두 개 이상은 틀려 본 적이 없다. 그런데 아직 세 문제를 못 풀었는데 시계를 보니 7분도 남지 않았다.

정신없이 문제를 풀고 있는데 규병이가 뒤에서 쿡쿡 등을 찔렀다. 그리고 더듬거리는 작은 목소리로 말했다.

"승균아, 나 컴퓨터 펜 좀……."

순간적으로 망설였다. 못 푼 문제도 있고, 나도 아직 마킹을 못 했다. 내가 급했다.

"미안해. ……나도 아직 못 했어. 다른 애한테 빌려 봐."

나는 소리를 죽여 말했다. 그러나 규병이가 나 말고 누구에게 펜을 빌리겠는가. 더구나 규병이는 선생님께 도움을 요청할 만한 배짱도 없었다. 나머지 문제를 다 풀고 마킹을 끝내는 순간, 기다렸다는 듯 끝 종이 울렸다.

"자~, 모두 손 머리 위로! 맨 뒷사람은 빨리 답안지 걷어 와라!"

머리에 손을 얹은 채 뒤를 돌아보았다. 규병이는 손을 머리에 얹고 어쩔 줄 모르는 표정이었다. 답안지를 보니 붉은 사인펜 표시만 되어 있었다. 그래도 종이 울렸으니 어쩌겠는가.

답안지를 다 걷어 확인을 하시던 시험 감독 선생님이 소리를 버럭 질렀다.

"임규병! 임규병이 누구야?"

규병이가 주춤주춤 손을 들자 선생님이 화난 목소리로 말했다.

"야 임마, 마킹을 안 하면 어떡해! 빵점 맞을래? 컴퓨터 펜 가지고 교무실로 따라 내려와!"

그래도 선생님이 저렇게 챙겨 주니 다행이다 싶었다. 나는 앞으로 나가는 규병이에게 슬쩍 컴퓨터 펜을 건네주었다.

규병이는 그렇게 3교시 내내, 끝 종이 울린 뒤 내 것을 빌려 마무리 마킹을 했다.

시험이 끝나고 답안지 확인을 하니 세 과목 합쳐 일곱 개를 틀렸다. 이 정도면 전에 비해서 못 본 편에 속한다. 그런데 옆에서 어떤 놈이, 오늘 본 것 중에 '두 개나' 틀렸다며 우는 소리를 한다. 겨우 두 개를 틀려 놓고 징징대다니, 저런 재수 없는 놈은 어딜 가나 꼭 있다.

난 시험지를 가방에 구겨 넣고 현관으로 내려왔다. 실내화를 갈아 신는데 반대편 문 쪽에 규병이가 서 있었다. 규병이가 먼저 말을 걸었다.

"저기…… 승균아, 아간 고마웠어."

칭찬을 듣고도 죄인이 된 기분이었다.

"내일은 컴퓨터 펜을 두세 개쯤 가지고 와. 주머니에 하나, 필통에 하나 이렇게. 또 오늘처럼 잃어버려서 고생하지 말고."

나는 펜을 여러 개 준비하라는 말로 정준영이 네 것을 가져갔다는 말을 대신했다.

"승균아, 너네 집 대후아파트 쪽이지? 나도 그 쪽인데…… 같이 가면 안 돼?"

"뭘 그런 걸 허락받냐? 같이 가면 되는 거지."

정말 규병이는 답답할 정도로 착했다. 아니 착한 게 아니라 이건 바보스러운 거다.

"……."

"……."

평소에 친하지 않은 애와 20여 분 걸리는 집까지 아무 말도 없이 걸어가려니 답답하기 짝이 없었다. 별달리 할 말이 없어, 난 알면서도 규병이의 속을 떠보았다.

"규병아, 너 정준영 싫지?"

"……응. 나만 너무 미워하는 것 같아. 어떤 때는 죽이고 싶을 때도……. 1학년 때 별로 안 그랬는데, 엄마 돌아가신 다음부터…… 더 그러니까."

규병이는 목이 메는지 말을 더듬었다.

"이젠 정준영이 때리면 '하지 마!'라고 크게 말해. 닿지만 말고,

바보야."

내가 규병이었어도 못할 일을, 나는 그 애를 위로한답시고 쉽게 지껄였다. 그러면서 속으로는 좀 찔렸다. 웬 하굣길이 이렇게 긴지 모르겠다.

시험 마지막 날 3교시 끝 종이 울리자 아이들 사이에서는 탄식과 환호성이 동시에 터져 나왔다. 거의 짐승이 우는 소리에 가까웠다. 잘 봤든 못 봤든 며칠간은 해방인 거다. 성적표가 나오면 또다시 고민이 시작되겠지만, 오늘은 국경일이나 다름없다.

정준영이 책상 위로 올라가 소리쳤다.

"야, 이따가 피시방 갈 사람 띰!"

그러자 여기저기서 띰, 띰 하며 맞장구를 쳤다. 나도 거기에 섞여 소리를 질렀다.

종례가 끝나고 가방을 챙기는데 규병이가 말을 걸었다.

"저, 승균아. 너네 무슨 게임 하러 갈 거야?"

"우리? 당근 카오스지!"

"나, 나도 카오스 하는데 피시방 같이 가면…… 안 돼?"

"엉, 그래. 한 명이 모자라다고 하던데 같이 가면 되겠네."

"고마워……."

그때 옆에서 다른 애들과 게임 얘기를 하던 정준영이 우리 얘기를 들었는지 불쑥 화를 냈다.

"야, 씨발아! 이 새끼 데리고 가게?"

"어차피 한 명 부족하잖아?"

"지랄, 그럼 너도 빠질래?"

"아, 아니."

"야, 임규병! 너 따라오면 진짜 뒈진다. 병신아, 제발 주제 좀 알아라!"

정준영은 규병이 어깨를 밀치며 교실문을 나갔다. 아이들이 우르르 따라 나갔다. 혼자 가는 규병이를 보니 마음이 무거웠지만 어쩔 도리가 없었다.

아이들 뒤를 따라 피시방으로 가는데 정준영 목소리가 들렸다.

"씨발, 홍승균 저 새끼도 졸라 싸가지 없어!"

"……."

정준영 입에서 내 욕이 나오자 간이 조그맣게 오므라드는 기분이 들었다. 나는 어려서부터 소심했다. 정준영이 나를 향해 돌아섰다.

"홍승균, 너 진짜 한 번만 더 임규병이랑 아는 척하던 너도 씨발 뒈진다!"

"……어."

정준영의 기세에 눌린 나는 '씨발 뒈진다'라는 다섯 음절에 완전히 쫄고 말았다.

'저거 성질내면 진짜 피곤한데……. 진짜 나까지 왕따당하는 거 아냐?' 하는 불안감이 머리를 가득 메웠다. 겁이 나니까 머릿속이 마구 뒤엉켰다. 그때 번쩍 뇌를 스치는 생각이 있었다.

"저기 정준영, 있잖아……."

"뭐? 씨발아."

"내가 그저께 임규병한테 너 싫으냐고 물어봤거든?"

"근데?"

"그랬더니 임규병 그 새끼가 너 죽여 버리고 싶대."

"아 씨발, 진짜야?"

"응! 진짜 그랬어."

"임규병, 이 좆만이가……. 낼 학교에서 뒈졌어!"

"……."

낼 학교에서 뒈졌어. 정준영의 그 말이 가슴을 자꾸 찔렀다. 먹은 게 얹힌 것처럼 속이 답답했다.

나는 그날 피시방에서 모든 것을 잊고 미친 듯이 놀았다. 그러고는 집에 돌아와서는 피곤에 지쳐 금방 잠에 곯아떨어졌다.

아침에 엄마랑 한판 하고 학교를 왔다.

요즘 들어 부쩍 엄마가 하는 말에 말대꾸를 많이 하게 되고, 매사가 짜증스러웠다.

교실 문을 들어서는데 정준영이 화난 표정으로 나한테 다가왔다.

"야, 홍승균! 임규병이 진짜 그 얘기 했어, 안 했어?"

"……뭔 얘기?"

나는 쫄아 가지고 아침에 엄마한테 대들 때와는 다르게 꼬리를 싹 내렸다.

"그거 미친놈아, 임규병이 나 죽여 버리고 어쩌고 그거 있잖아."

"……맞는데? 왜, 임규병이 아니래?"

"확실하지? 야, 너 임규병 일로 와 봐, 씨발!"

뭔가 심상치 않음을 느꼈다. 규병이가 쭈뼛쭈뼛 정준영한테 다가갔다.

짝!

규병이가 사정거리 안에 들어오자 정준영이 따귀를 후려쳤다.

"너, 이 씨발! 날 죽여 버리고 싶다고? 그럼 죽여 봐. 이 미친 새꺄!"

규병이는 내 눈을 한 번 쳐다보고는 다시 고개를 떨어뜨렸다.

철썩! 철썩!

정준영이 다시 규병이의 따귀를 올려붙였다. 금세 규병이의 볼이 벌겋게 부어올랐다.

이번에는 정준영이 규병이의 정강이를 힘껏 걷어찼다. 아무도 정준영을 말리지 않았다. 죄의식이 나를 압박했다.

다 나 때문이야. 내가 정준영을 피하려고 규병이를 판 거야.

나는 정강이를 감싸 쥐고 신음하는 규병이를 똑바로 쳐다볼 수 없었다. 내가 맞는 것보다 더 떨렸다.

"야, 너네도 한 대씩 때려! 이 새끼 가만두면 너네들도 죽인다고 헛소리할 거니까!"

정준영은 나를 포함한 주변의 남자 애들에게 규병이를 때리게 했다. 아무도 그 말을 거부하지 못할 분위기였다.

애들은 한 명씩 돌아가며 규병이의 복부, 머리, 정강이 등을 때렸다. 간혹 슬쩍 때리는 애들이 있으면 다시 때리게 했다.

"로우킥!"

정준영은 틈틈이 레슬링 흉내를 내며 규병이의 정강이를 걷어찼다. 그때마다 규병이는 제자리에 풀썩 주저앉았다. 교복 등짝엔 여기저기 신발 자국이 새겨졌다.

네댓 명이 때리고 나서 드디어 내 차례……. 거의 무너져 가는 규병이의 눈과 정말 나약하고 치졸한 나의 눈이 마주쳤다. 차마 주먹이 안 나갔다.

"안 때려? 씨발, 니가 대신 맞을래?"

정준영이 눈을 치켜뜨며 재촉했다.

퍽!

나는 주먹으로 임규병의 배를 때리는 시늉을 했다.

"아, 뒈질래? 더 세게 때리라고!"

퍽!

"홍승균, 너 쇼하냐?"

퍽!

순간, 눈앞이 번쩍했다.

"이렇게 때리라고, 미친놈아!"

정준영이 내 얼굴을 주먹으로 강타한 것이다. 눈앞에 별이 번쩍 거리고 정신이 하나도 없었다. 턱이 얼얼했다. 나는 얼결에 발로 규병이의 배를 힘껏 내질렀다.

"잘했어. 저런 새끼는 좀 맛을 봐야 돼."

규병이는 넘어져서 교실에 누워 있었고, 볼에는 눈물이 흐르고 있었다.

난 고개를 숙이고 자리로 가서 엎드렸다. 씨발, 좆같은 새끼……

그때 8반의 오경수가 나를 찾아왔다.

"승균아! 나 물상 책 좀……. 어? 규병이 왜 저래?"

"……"

경수는 다시 내 얼굴을 쳐다봤다.

"너도 맞았어? 쟤 왜 저러는 건데?"

"……"

나는 아무 말도 할 수 없었다.

경수가 정준영 쪽으로 다가갔다.

"야, 정준영! 임규병 왜 때려?"

정준영은 대답 대신 쓰러진 규병이의 등짝을 걷어찼다.

"왜 때리냐고?"

경수는 규병이와 정준영 사이로 끼어들며 목소리를 높였다.

"씨발, 넌 너네 반으로 꺼져. 뒈지고 싶지 않거든!"

"아니 왜 때리냐고?"

"티꺼워서 때렸다, 왜? 니가 대신 맞을래?"

경수가 피식 웃었다. 경수 성격에 그냥 넘어갈 것 같지 않았다.

"미친놈! 그럼 나도 니가 티꺼운데 이렇게 한 대 치면 되겠네?"

경수는 손바닥으로 정준영의 뒷머리를 툭 쳤다. 세지는 않았지만 충분히 기분이 나쁠 만했다.

"이 씨발 새끼가, 너 뒈질래?"

정준영의 눈이 쫙 찢어졌다. 순간 교실에 정적이 흘렀다.

그때 누군가 "야, 담임 떴다!" 하고 소리쳤다.

구경하던 아이들이 우당탕탕 재빠르게 제자리로 돌아가 앉았다. 규병이도 절룩절룩 다리를 절며 자기 자리로 돌아갔다.

경수는 나를 스쳐 지나가다가 내 귀에 대고 낮은 소리로 말했다.

"뭔지 모르지만, 저런 새끼는 그냥 오냐오냐하면 더 발광한다고. 맞더라도 개겨. 그래야 만만하게 못 본다고!"

난 하루 종일 책상에 엎드려만 있었다.

머릿속에 아무 생각도 떠오르지 않았다. 자꾸 눈물만 났다. 점심도 먹지 않았다.

규병이도 나처럼 점심을 거른 채 책상에 엎드려 지냈다.

이런 우리들을 보고 정준영이 한마디 했다.

"병신들이 쌍으로 노네."

그때 잠깐 규병이와 눈이 마주쳤는데 규병이가 눈을 피했다. 정준영의 말보다 그게 더 가슴이 쓰렸다.

수업이 끝나고 집에 가기 위해 혼자 실내화를 갈아 신고 있는데 반대편 문 쪽에서 규병이가 걸어왔다. 난 죄인처럼 고개를 숙였고, 규병이도 나를 외면하고 뚜서 지나갔다.

그런 규병이의 뒷모습을 보다가 나도 같이 뛰기 시작했다. 교문을 지나 대형 할인 매장 뒤편에서 규병이를 따라잡을 수 있었다.

"규병아, 임규병!"

규병이는 뒤를 돌아보고는 흠칫 놀랐다.

막상 불러 세우기는 했는데 입이 떨어지지 않았다.

"저…… 규병다."

"……"

"정말…… 진짜, 후…… 미, 미안해."

"……괜찮아. 그런 말 안 했어도 정준영이 나 때리잖아, 원래……."

규병이는 쓸쓸한 웃음과 함께 다시 발걸음을 돌렸다.
"야, 새꺄! 너 진짜 또라이냐? 내가 잘못했어. 근데 뭐가 괜찮냐고! 씨빨, 화를 내야지!"
나는 얼굴이 벌개져서 소리를 질렀다.
"......"
규병이는 잠깐 나를 쳐다보며 힘없이 웃어 주고는 다시 발걸음을 돌렸다.
나는 규병이가 멀리 사라질 때까지 그대로 서 있었다.

규병이가 내 말을 씹고 돌아섰는데도 그다지 섭섭하지도 화가 나지도 않았다. 절룩이며 멀리 사라지는 규병이를 보노라니 여러 생각이 뇌 속을 오갔다.
부끄러움, 쪽팔림, 분노, 허탈함…….
시간이 지나면서 뭔가 속이 후련해지면서 서서히 생각이 단순하게 정리되는 느낌이었다.
더 이상 쪽팔릴 것도 없다. 그렇다. 경수 말이 맞는 것이다. 알아서 기고 고분고분하니까 그 자식이 더 생난리를 치는 것이다. 차라리 개기다가 맞는 게 낫지, 앞에서 위해 주는 척하다가 돌아서서 친구 배를 걷어차는 쪽팔리는 짓은 오늘로 충분하다.(아직도 발끝에 규병이 배를 찰 때의 뭉클한 느낌이 살아 있다.)

턱을 만져 보았다. 통증이 느껴지지 않았다.
　이 정도면 맞는 것도 별 게 아니다. 그래, 설령 '병신이 쌍'으로 논다고 비웃어도 아닐 때는 아니라고 하는 거다. 먼저 알아서 빌빌거릴 필요도 없는 거다.
　그런 생각이 들자 슬슬 웃음이 나오기 시작했다.

| 후기 |

　소설에서 '나'로 나오는 홍승균은 정말 소심하고 용기 없는 아이어서 충분히 욕먹을 만하지요. 하지만 어쩌면 우리들 자신의 모습일 수도 있다는 생각에 더 그렇게 몰고 갔습니다. 소설이란 게 상황을 좀 더 극적으로 재구성해서 진실의 문제를 고민(앗, 이렇게 거창한 표현을!)해 보는 거니까요. 현실에서 늘 조경수처럼 당당하고 씩씩하기는 어렵지 않겠어요? 자유롭고 싶고, 물불 가리지 않고 들이대는 우리 또래의 분위기를 살려 볼까 해서 대사나 지문을 거칠고 적나라하게 표현했습니다. 어쨌거나 왕따, 존재감 문제에 대해 속죄하는 기분으로 쓴 소설인데 친구들이 공감하며 읽어 주면 좋겠습니다.

따뜻한 손

이미나(신월중 3년)

찬 바람이 쌩쌩 분다.

턱은 으드드 떨리고, 눈은 앞에서 불어오는 바람에 시우 눈이 된다. 그래도 이런 추위를 버틸 수 있는 것은 손을 꼭 잡아 주는 따뜻한 손들이 있기 때문이다.

"엄마! 나 추워! 쉬 마려."

"좀만 참아. 집에 다 왔어."

엄마는 따뜻한 손으로 내 손을 더 꽉 쥐었다. 잡고 있는 손이 너무 따뜻해서 다른 데가 더 차갑게 느껴질 정도였다.

"어? 엄마! 눈 내려, 눈."

내 말에 엄마 아빠도, 오빠도, 모두 위를 올려다보았다.

어두운 하늘에서 하얀 눈이 내리고 있었다. 천천히, 천천히, 점점 내 머리 위로 떨어지고 있었다.

너무 오래전이라 잘 생각나지 않는 어린 시절이지만 그래도 가끔은 그 시절이 그리울 때가 있다. 이제 너무 커 버린 15살의 나는 더 이상 눈에 관심이 없다. 그저 학교 다녀와서 학원 가고, 학원 가서 늦은 저녁에 돌아오면 학교 숙제 하고, 숙제를 하고 나면 씻고 잠들고……. 눈은 더 이상 예쁜 게 아니고 질퍽하고 미끄러워 걷기 불편하게 만드는 것일 뿐이다.

이제 곧 12월 초에 있을 학기말 고사 준비를 해야 하기 때문에 정말 바쁘다. 또한, 쏟아지는 수행 평가 때문에 눈이고 뭐고 신경 쓸 틈이 없다. 그렇기 때문에 순수하고 즐거웠던 그 어린 시절을 그리워하는 게 아닐까?

오늘도 늦은 저녁이 되어 집에 돌아왔다.

집에 도착해 보니 아무도 없고 엄마만 계셨다. 그런데 분위기가 심상치 않다.

"유정이 너 일루 와 봐."

나는 분위기의 무게를 느끼며 안방으로 들어갔다. 엄마는 나에게 등을 돌린 채 화장대 쪽에서 무언가를 보고 계셨다.

"유정이 너, 저번에 학원에서 월례 고사 본 거 있지? 그거, 왜 이렇게 못 봤니?"

엄마가 나를 향해 돌아앉으며 말했다.

엄마는 성적표를 손에 들고 마구 흔들더니 나에게로 휙 던지셨다. 나는 두근거리는 가슴으로 성적표를 들여다보았다. 점수가 엄청 화려했다.

국어 64, 과학 87, 수학 73, 영어 67.

정말 최악의 점수였다. 하지만 어쩔 수 없었다. 아무리 노력해도 성적이 안 오르는 데다 친구들이랑 노느라 몰래 학원을 빠졌기 때문이다.

"평소에는 잘하던 애가, 점수가 이게 뭐니? 이 점수 그대로 가지고 학교 시험 보면 점수가 어떻게 나오겠어? 응? 몇 점이 나오겠냐고!"

"……."

나는 아무 말도 하지 않았다. 그저 학원 땡땡이친 것을 엄마가 모르고 지나가길 바랄 뿐이었다.

"그리고 거기 성적표 위에, 너 결석 수가 왜 그렇게 많니? 무려 세 번이나 빠졌잖아. 어디 갔던 거야? 특별히 뭔 일도 없었는데 결석이 왜 이렇게 많아? 응? 너 도대체 정신이 있는 거니, 없는 거니? 말해 봐, 그 시간에 어디서 뭘 했어!"

"……친구들이랑, 아니, 친구들이 놀자고 그래서요. ……친구들다 같이 모여서 노는데, 나만 빠질 순 없잖아요."

"왜, 안 놀면 친구들이 너랑 절교한대? 응? 엄마한테 왜 거짓말해?"

"엄만 친구들이랑 놀 거면 그 시간에 공부나 더 하라고 혼낼 거잖아요."

"당연한 거 아니니? 시험이 며칠이나 남았다고 지금 그런 말이 나오니?"

"2학년도 얼마 안 남았는데……."

"애가 그런데! 2학년 며칠 안 남았으니까 더 열심히 해야지. 안 그래?"

"……네."

결국 내가 지고 말았다. 학원 빠지고 나서 엄마한테 거짓말한 것과 점수가 이 모양이 되도록 공부 안 한 것은 나쁜 짓이긴 하다. 그렇지만 나는 애들하고 놀고 싶었다. 고등학교 때는 놀지 못할 테니까 중학교 때 좀 더 진하게 놀아 봐야 하지 않겠는가. 그리고 솔직히 그날 학원을 갔더라도 친구들이 신경 쓰여서 아무것도 귀에 안 들어왔을 거다. 그럴 거면 차라리 노는 게 낫지 뭐.

나는 내 방으로 가서 침대에 벌러덩 누웠다. 천장을 바라보고 있자니 갑자기 허기가 몰려와서 어기적어기적 주방으로 갔다.

"엄마, 배고파요."

"니가 알아서 먹어!"

엄마는 안방에서 돌아보지도 않고 소리쳤다.

어휴, 엄마 저러면 며칠은 가는데. 그동안 제대로 된 밥은 못 먹겠구나. 큰일이다. 혼나는 것보다 밥이 더 중요한데…… .

그런데 갑자기 엄마가 벌떡 일어나시더니 주방 쪽으로 쿵쾅쿵쾅 걸어오신다. 그러더니 내 옆을 휙 스쳐 지나가서 (찬바람이 씽!) 밥통에서 밥을 퍼 식탁에 휙 놓고는 냉장고를 여신다.

"배고프다고? 참 나, 지금 그런 말이 나와? 자기가 잘못한 것도 많은데, 눈치 없이 배가 고파? 참 나."

꼭 그렇다. 누구랑 말싸움을 하고 나면 꼭 뒤에서 저렇게 중얼거린다. 그것도 좀 조용히 중얼거리지, 괜히 들으라고 큰 소리다. 그래도 이 정도로 끝나는 게 다행이다. 정말 화나면 저런 중얼거림도 없이 말을 아예 안 하신다.

엄마가 대충 차려 놓고 간 밥을 먹고는 씻고 침대로 뛰어들었다.

역시 하루 중 가장 행복한 때는 잠잘 때다. 언제든지 포근히 감싸 주는 베개와 이불의 느낌이 참 좋다.

다음 날, 학교를 마치고 집에 돌아오니 아무도 없다.

이럴 땐 공부하기 좋겠다 싶어서 방에서 조용히 공부를 했다.

한 두세 시간쯤 했을까? 오랜만에 하는 공부라 어찌나 졸음이 오던지 꾸벅꾸벅 졸다가 그만 팔에 얼굴을 파묻고 잠이 들어 버렸다. 역시 잠이란 달콤한 것이다.

얼마나 잤나? 갑자기 팍 깨 버렸는데 졸린 눈을 비비며 일어나려니 입가에서 허옇게 침이 묻어났다. 다시 연필을 잡고 공부를 하려 했지만 집중이 되지 않았다. 의자에 앉아 하품을 하면서 기지개를 켜다가 시계를 보니 이게 웬일? 벌써 시간이 9시가 넘어 있었다.

이 상태로는 도저히 공부가 되지 않을 듯싶어서 기분 전환도 할 겸 텔레비전이 있는 거실로 나왔다. 텔레비전은 정말 신기한 물건이다. 이렇게 사람의 혼을 빼 놓다니. 그건 그래, 저건 그래, 하면서 한참 동안 텔레비전에 집중을 했다. 얼마나 텔레비전에 빠졌는지 엄마 올 시간인 줄도 몰랐다.

갑자기 현관문 비밀 번호를 누르는 소리가 들리더니 문이 확 열리고 찬 기운이 엄습해 왔다. 나는 반사적으로 문 쪽으로 고개를 돌렸다. 문 앞에 선 엄마는, 현관문을 쾅 닫고는 한심하다는 눈길로 나를 바라보셨다.

이윽고 엄마의 말이 총알처럼 나를 향해 쏟아졌다.

"니가 지금 시험 얼마 안 놔둔 학생 맞니? 니가 뭘 잘한 게 있다고 그렇게 떡하니 텔레비전을 보고 있어? 학원 시험도 그렇게 개판을 쳐 놓고는, 뭘 잘했다고 텔레비전을 보고 있어? 2학년 마지막 시험인데 잘하려는 척이라도 할 것이지, 지금 그게 뭔 꼬락

서니야!"

심상치가 않다. 나는 잽싸게 텔레비전을 끈 뒤 깨갱 꼬리를 내리고 방으로 도망쳤다.

엄마를 피해 책상에 앉긴 앉았는데, 이거 원, 텔레비전을 본 뒤로 집중이 돼야지. 머릿속에 아까 본 장면들이 떠올라서 골머리를 앓고 있는데 주방에서 엄마가 계속 잔소리를 늘어놓는다.

"계집애가 말이야, 나이가 열다섯 살씩이나 처먹어 가지고, 꼴에 하는 짓이라곤. 학원 시험도 그렇게 개판으로 봐 놓고는, 지가 양심이 있으면 공부하는 척이라도 해야지……. 어제 혼나고 정신 좀 차리나 했더니 한술 더 떠서 텔레비전을 보고 있어? 참 나, 기가 막혀서!"

머릿속이 정지되었다. 정말 듣고 싶지 않은데 이상하게도 엄마 목소리가 더 크게 들렸다. 엄마가 얘기하는 것 이외엔 아무것도 들리지 않았다. 엄마의 목소리가 하나씩, 하나씩, 내 가슴을 찌르는 것 같았다.

"먹여 주고 재워 줬으면 밥값을 할 줄 알아야지. 하여간 이번 시험 성적만 떨어져 봐. 아주 그냥……."

엄마는 왜 저렇게 꼭 똥 밟은 중처럼 중얼거리는 걸까? 정말 나중에는 짜증이 울컥 솟구쳤다. 내 속에서는 '아주 그냥 뭐 어쩔 건데요?' 하고 소리치고 싶은 마음이 간절했다.

10분 넘어서까지 계속되는 중얼거림을 참다못해 방문을 쾅 하고 닫아 버렸다. 아니나 다를까, 방문을 닫기가 무섭게 엄마가 방문을 벌컥 열었다.

"너 이거 왜 닫아, 응? 엄마 말 듣기가 그렇게 싫어? 그러면 엄마가 싫은 소리 하기 전에 좀 제대로 했어야지."

"아, 진짜. 공부하면 될 거 아니에요. 성적 안 떨어지면 되잖아요."

나는 뒤도 돌아보지 않은 채 비꼬는 투로 말했다. 책상 유리로 엄마가 양손을 허리에 척 올려놓고 내 뒤통수를 뚫어져라 노려보고 있는 게 보였다. 그 폼이 어째, '그래 한번 해 보자 이거지?'라는 식 같았다.

"그래, 알았어. 너, 이번에 성적 떨어지면 죽을 줄 알아. 너 지금 약속한 거다, 응?"

가슴이 철렁 내려앉았다. 시험공부 하나도 안 했는데.

"그래요, 알았어요. 이제 저 공부해도 되나요?"

질 수 없었다. 엄마가 그렇게 들들 볶지 않아도 내 스스로 할 수 있다고, 나도 하면 할 수 있다고 보여 줄 것이다.

집중이 되지 않았지만 그래도 책을 멍하니 내려다보았다. 몇 분이 지났는데도 이상하게 계속 똑같은 대목만 눈에 들어왔다.

나는 계속 공부만 해 댔다. 다음 날도, 그 다음 날도, 그 다음다음 날도…….

아마도 계속 미친 듯이 공부만 했을 것이다. 먹거나, 싸거나, 잘 때 빼고는 거의 공부만 했다. 그 덕분에 시간이 정말 빨리 간 것 같다. 뜻대로 안 되는 일들이 나를 힘들게 해 울기도 했다. 하지만 내가 누구냐, 이런 거 다 이겨 낼 거다. 정말 공부할 때는 이를 악물고 공부만 했다.

엄마랑은 그 대화 이후론 냉전 상태다. 말도 꼭 필요한 말만 했다. 덕분에 집안 남자들은 고래 싸움에 새우등 터질까 조용히 지내고 있다. 엄마와 내가 풍기는 분위기가 장난이 아니기 때문이다.

한 일주일 지났나? 토요일이라 조금 여유가 있었다.

이제 11월 말이니까 슬슬 방 청소를 해야 할 것 같았다. 내 방 상태는 지금 돼지우리가 따로 없는데, 시험공부에 집중하기 위해서는 방이 깨끗해야 하기 때문이다.

우선 공기도 전환시킬 겸 창문을 활짝 열었다. 찬 바람에 몸을 부르르 한 번 떨어 주고는 청소를 시작했다. 여기저기 흩어진 책과 공책을 책꽂이에 가지런히 두고, 방바닥에 떨어진 샤프심이며 머리카락들을 치우기 위해 청소기도 한 번 돌려 주고…….

슥삭슥삭 청소를 다 하고는 기지개를 쭈욱 켰다.

"다 끝났다!"

청소를 다 끝내고 기지개를 켤 때의 그 상쾌함이란.

아직 학원 가기 전까지는 얼마간의 여유가 있었다. 그 여유는 자는 걸로 때우기로 했다.

시계를 맞춰 놓고 침대에 거꾸로 누워 머리맡 위에 있는 창문으로 밖을 보니 구름 한 점 없는 푸른 하늘이 보였다. 나는 이렇게 누워서 하늘을 바라보는 걸 참 좋아한다. 얼마를 그러고 있던 나는 스르르 잠에 빠졌다.

시간이 흐르고, 시계 소리에 잠이 깨었다.

이상하게 목이 차갑고, 코가 막힌 것 같았다. 머리도 띵한 게 열도 나는 것 같았다. 살펴보니 조금 열린 창틈으로 찬 바람이 밀려들어 오고 있었다. 이빨도 덜덜 떨렸다.

서둘러 일어나서 창문을 닫고 커튼을 내리는데 머리가 어질어질했다. 이마에 손을 대 보니 약간 뜨거운 것 같기도 하였다.

안방으로 비틀비틀 걸어가 엄마 화장대에서 체온계를 꺼내 겨드랑이 사이로 집어넣었다. 멍하니 전자시계를 바라보았다. 전자시계의 시와 분 사이의 표시가 깜박거리면서 초를 알리고 있었다. 안경을 벗어서 그런지 모두 다 흐릿하게 보였다.

체온계를 꺼내 보니 열이 38도 가까이 되었다. 체온계를 다시 화장대에 집어넣고는 내 방으로 비틀비틀 걸어갔다. 시계는 학원 갈 시간이 다 되었음을 알리고 있었지만 나는 갈 수가 없었다. 머리가 어지럽고 몸이 으슬으슬한 게 감기에 단단히 걸린 모양이다.

　아무리 싸웠어도 엄마이게 연락은 해야 할 것 같아서 문자를 보냈다.

　〔저 열나는 거 같아요. 오늘 학원은 못 가겠어요.〕

　엄마는 내가 아픈지 확인하기 위해 전화를 하실 게 분명하다. 아니나 다를까, 전화가 왔다.
　"여보세요."
　"이유정, 열 재 봤어? 몇 도야?"
　"……38도 가까이 돼요. 좀 어지럽고."
　머리가 멍했다.
　"그럼 그냥 집에서 쉬어!"
　엄마는 또 학원을 못 가는 게 마음에 안 드는 모양인지 말투에서 짜증이 묻어났다.
　"엄마, 죄송해요."
　"……."
　엄마는 아무 대답이 없다.
　"엄마, 그럼 나 오늘 하루만 쉴게요."
　"그래, 다른 거 하지 말고 잠이나 자. 이불 푹 덮고 자."

엄마는 전화를 뚝 끊어 버렸지만 분명 목소리는 부드러웠다.

나는 침대로 비틀거리며 걸어가 이불을 목까지 끌어올리고는 잠들었다.

얼마나 지났을까. 갑자기 현관문 여닫는 소리가 나더니 조용히 주방 쪽으로 걸어가는 발걸음 소리가 들렸다. 식탁에 가방을 내려놓고 내 방문을 여는 것으로 보아 엄마인 것 같았다. 나는 흐릿한 눈으로 발치에 있는 엄마를 바라보았다.

"좀 잤어? 괜찮아?"

"모르겠어요."

엄마가 내 이마에 손을 얹었다. 손이 차가워서 기분이 좋았다.

"열 있네."

엄마가 침대 끝에 걸터앉더니 나를 유심히 뜯어보았다.

"그냥 감기일 거예요."

"코맹맹이 소리 하는 거 보니까 감기네. 좀 더 자. 밥은 먹었니? 엄마가 죽 끓여 올 테니까 먹고 다시 자. 알았어?"

엄마가 조용히 방문을 닫고 나간 후, 가스 불 켜는 소리와 냄비 들어 올리는 소리가 들렸다. 나는 다시 잠이 들었다.

얼마 후 방문이 열리는 소리와 함께 엄마가 들어왔다. 아빠도 함께였다.

"다녀오셨어요?"

"어, 몸은 괜찮냐?"

이번에는 아빠가 내 머리에 손을 올려놓았다.

"어우, 아직도 열 있는 거 같은데? 어디 한번 재 보자."

엄마가 체온계를 가지러 간 사이, 아빠가 걱정스런 얼굴로 나를 바라보았다.

"내일은 일요일인데 어뜩하니? 교회 가지 말고 쉬어야겠다."

아픈 와중에도 듣던 중 반가운 소리이다. 돌아오신 엄마가 체온계를 아빠에게 건넸다. 아빠가 내 겨드랑이에다 체온계를 집어넣었다.

몇 분 후, 아빠가 체온계를 꺼냈다.

"30……, 이게 뭐냐? 9?"

아빠는 숫자가 잘 안 보이는 듯 고개를 뒤로 빼고 눈을 가늘게 떴다.

"39도."

엄마가 뒤에서 보고 읽어 주었다.

"열이 더 높아졌네요."

열이 이렇게 오른 적이 없었는데.

"어떡하지? 지금은 너무 늦었고, 내일은 일요일이라 병원도 문을 안 열 텐데."

"저기 밑에 큰 병원 가 봐야지. 거기라면 열 거야."

엄마, 아빠는 내 이불을 여며 주고 방을 나갔다.

얼마 후 엄마가 죽을 갖고 다시 들어왔다.

"이거 먹어야지. 일어나 앉아 봐."

나는 억지로 몸을 일으켜서 앉았다. 머리가 너무 어지러워 토할 것 같았다.

"엄마가 먹여 줄게."

엄마는 내 침대 옆으로 의자를 끌어다 놓고 앉아서 죽을 떠 먹였다. 하지만 나는 반도 먹지 못했다. 음식이 목구멍으로 넘어가질 않았다.

"조금 더 먹어."

나는 고개를 가로저었다. 엄마는 침대 옆 컴퓨터에 쟁반을 내려놓고는 주방으로 나갔다. 주방에서 부모님이 주고받는 소리가 들렸다. 내가 아프니까 오늘 밤은 엄마가 간호한다는 소리였다.

나는 다시 잠들었다 깼다를 반복했다. 코가 막혀서 숨을 쉴 수가 없어 입으로 헥헥거렸다. 그게 더 힘들었다.

그러다가 문득 눈을 떠 보니 엄마가 아직도 내 옆에 계신 것이 보였다.

"엄마, 지금 몇 시야?"

"11시. 더 자."

"엄마는?"

"엄마도 피곤하면 안방 가서 잘 거야. 뭐 필요한 거 있으면 부르고."

"아빠는 주무셔?"

"아니, 내일 예배 드릴 거 공부하셔."

"엄마, 오늘 학원 빠져서 미안해요. 학원 빠져 놓고 거짓말한 것도 미안해요."

"아무 소리 말고 그냥 자."

엄마가 내 머리를 쓰다듬으며 말했다. 그 손길이 너무 따스해서 기분이 좋았다. 기분이 좋은데, 웬일인지 목이 메었다.

"엄마, 나 진짜 요번 시험 못 보면 죽일 거야?"

"아니, 그냥 말이 그렇다는 거지. 그걸 곧이곧대로 믿니?"

"그럼 화낼 거야?"

"당연히 화내지. 네가 잘못해서 학원 빠지고 노력 안 해서 공부 못하면, 그건 니 잘못이잖니."

"엄마, 나 손 잡아 줘. 머리 아파."

엄마는 아무 말 없이 내 손을 잡아 주었다.

그러다 문득 나는, "엄마 사랑해. 난 엄마가 세상에서 제일 좋아. 엄마만 있으면 돼." 하고 엄마 손을 꼭 쥐었다.

안경을 벗어서 엄마 얼굴이 흐릿하게 보였다. 하지만 엄마는 분명히 울고 있거나 감동하고 있는 게 틀림없었다. 그냥, 느낌이 그랬다.

"엄마도 사랑해. 그러니까 자. ……우리 딸 다 컸네."

"응, 이제 나 다 컸어."

엄마 손을 잡고 있자니 어렸을 때가 생각났다.

추운 날, 너무 추워서 덜덜 떨렸지만 엄마가 꼭 잡고 있는 손만은 정말 따뜻했다. 그때로 다시 돌아간 기분이었다.

나는 엄마 손을 바라보았다. 그때 예뻤던 손은 어디로 가고 쭈글거리고 굳은살이 박혔다. 그래도 엄마 손은 여전히 따뜻했다.

나는 다시 잠들었다. 엄마가 잡고 있는 손이 무척 따뜻했다. 이대로라면 어디 있어도 춥지 않을 것 같았다.

지금 밖에는 그때처럼 눈이 내리고 있을까? 하얗고, 예쁜 눈이.

| 후기 |

소설을 쓸 때는 몰랐는데, 쓰고 난 후에 보니까 정말 저랑 비슷한 일상이더라고요. 소설 중에 나오는 엄마의 말투하며 유정이의 행동과 생각들, 모두 다 같지는 않지만 추억을 만들기보단 공부에 바쁜 일상은 저뿐 아니라 다른 친구들도 똑같으리라 생각되네요.

소설에 나오는 엄마와 유정이의 갈등처럼 다른 친구들도 그런 일이 있을 겁니다. 가끔은 싫을 때도 있지만 엄마보다 소중한 사람은 없어요.

모두 효녀, 효자가 되었으면 좋겠습니다.

아아~, 그나저나 이제 저는 큰일 났네요. 이 소설 엄마가 절대 보지 말아야 되는데……. 프라이팬 들고 쫓아오실지도 모르거든요!

가중치 > 내가 너에게, 네가 나에게 보내는 무게, 의미!   가

안도영 서울 오다

이예슬(신월중 3년)

"와, 니 참말로 오랜만이데이. 근데 와 이리 살이 쪘노? 니 이제 뚱땡이가?"

충격이었다. 생전 처음으로 '뚱땡이'라는 소리를 들었다. 누가 감히 사춘기에 접어든 소녀에게 그런 말을 할 수 있겠는가.

그 충격적인 말을 한 작자는 내 웬수 같은 외사촌 오빠 안도영!

촌스러운 사투리, 딱 봐도 시골 냄새 나는 옷. 그런데 녀석이 제 분수를 모르고 계속 키득대며 나를 놀리고 있다.

"뚱땡이! 니 여자 맞나?"

난 이미 얼굴이 빨개지는 정도를 지나 주먹까지 부들부들 떨고 있었다. 그런데 날 더 열받게 한 건 엄마의 말이었다.

"문혜리, 외삼촌이 이제 우리 옆집으로 이사 왔으니까 옛날처럼 싸우지 말고 잘 지내. 알았지?"

　그럼~. 알고말고! 날 이렇게 놀릴 인간은 이 세상에 안도영 하나 뿐이다. 가뜩이나 시험 스트레스에 시달리고 있는데 그보다 더 큰 스트레스 덩어리가 옆집으로 이사를 오다니! 옆집이면 같이 사는 거나 마찬가지다. 어떻게 매일 그런 모욕적인 말을 들으며 살란 말인가. 요즘 왠지 한기가 든다 했더니.

　아무튼, 그런 말을 듣고 질 수 있는가? 그래서 나도 한마디 콕, 박아 주었다.

　"야, 오랜만에 보는데 할 말이 그것밖에 없어? 니 꼴은 뭐 보기 좋은 줄 알아? 그게 옷이니? 나 같으면 차라리 벗고 다니겠다."

　"어쭈? 이게 하늘 같은 오빠한테 니가 뭐가? 내가 니보다 3일 먼저 태어났다는 사실을 잊은 거가?"

　"뭐, 뭐야? 겨, 겨우 3일 가지고 오빠는 무슨 오빠!"

　"어허! 그래도 그게 아니지~. 오빠라고 불러라, 혜리야. 엄마 명령이다!"

　이런 억울할 데가 있나. 그깟 3일 차이로 누군 오빠가 되고 누구는 동생이 되냐고! 게다가 임신을 먼저 한 건 우리 엄만데……. 하여간 외숙모는 성질이 급해서 자식도 빨리 낳아 버린 게 틀림없어. 그래도 저런 녀석을 낳다니.

　"도영 오빠 이제 혜리네 학교 다니니까 많이 챙겨 주렴. 그리고 우리 도영이 몸 약한 거 알지? 너무 무리 안 하게 잘 좀 살펴 주고, 알았지? 외숙모는 우리 혜리만 믿는다. 호호호."

으윽, 이렇게 부담을 팍팍 주다니. 오늘따라 외숙모 웃음소리가 사악하게 들린다. 그나저나 이제 쪽팔리고 귀찮아서 어떻게 사나 하긴, 저 녀석은 사투리만 안 하고 잘 씻고 단장하면 그럭저럭 생겼으니까 (불행히도 말이다.) 쪽팔릴 일은 없겠다. 아냐 아냐, 그래도 시골에서 왔는데 아이들이 막 놀리면 어쩌지? 에휴, 내가 왜 이 나이에 자식도 아닌 안도영을 걱정해야 하는지. 그리고 어떻게 잘 보살피라는 건지. 내가 안도영의 유모냐고! 아, 짜증 나. 귀찮게 됐네 정말!

"혜리야~, 저녁 먹자. 삼촌한테 인사하고."

저 멀리서 밥이 날 부른다. 그래, 짜증 나도 밥은 먹어야지. 삼촌은 이사한 집에 가방만 놓고 우리 집에 오셨다. 그래도 오랜만에 식탁이 꽉 차니까 기분이 좋긴 하다.

"아, 맞다! 그 녀의 하늘이라는 아가 니네 학교라고 했제? 니가 그렇게 좋아하는 아라니까 내가 오빠로서 한번 봐야겠다. 몇 반이가?"

"어, 14반……. 뭐? 오빠가 걜 어떻게 알아?"

"하이구야, 니는 니가 보낸 메일도 기억 못하나 보제? 뭐 그 아랑 같은 교회 다닌다고 자랑할 땐 언제고 기억 못하는 거가? 뚱땡이 되면 기억력도 없어지나?"

으이구, 저 인간이 한 마디를 하면 열 마디를 하네. 그리고 뚱땡이라는 소리 좀 그만해, 이 촌놈아! 그나저나 큰일이다. 한다면 꼭 하는 안도영에게 어쩌자고 하늘이 얘기를 해 줬단 말인가. 녀석이 하늘이에게 내가 좋아한다는 얘기를 하면? 하늘이가 날 좋아할 리가 없잖아. 게다가 하늘이는 사귀는 애도 있는데…….

가장 중요한 건, 도영이 놈(혼잣말일 때는 절대 오빠라고 안 한다.)이 내 친척 오빠라는 걸 알면 날 얼마나 비웃을까. 사투리는 못 바꾸니까, 머리 스타일이라도 어떻게 바꿔 줘야겠다. 이따가 엄마 미용실 갈 때 데리고 가서 머리부터 잘라야겠다.(초고속으로 전학 수속 밟고 교복도 다 사 놔서 내일부터 학교 간단다. 그래서 오늘 꼭 머리를 잘라야 하는 것이다.)

다음 날 아침.
나는 아주 화창한 날씨임에도 몹시 찝찝한 느낌으로 잠에서 깨어났다.
이제부터 안도영과 같은 학교에 다녀야 하다니. 에휴, 그래도 머리를 단정하게 잘랐으니 불행 중 다행이다. 말만 안 하면 촌티는 안 나니까!

아침 먹고 나와 보니 안도영이 웃으며 서 있다. 징그러, 징그러! 그렇다고 안도영 때문에 학교에 안 갈 수도 없으니 한숨이 나오는 것을 참고 걸었다.

"그래도 역시 서울이라 교복이 좋네! 와아, 나 니 교복 언제 한번 입어 보면 안 되나?"

"여자 교복이 탐나? 너 변태 아냐?"

"참 나. 농담한 기다, 농담! 그리고 얼굴 좀 펴라. 가뜩이나 살 때문에 안 보이는 얼굴이 더 웃겨지는 것 같데이."

"쳇, 변태한테 그런 말 듣고 싶지 않아."

"노, 농담이라카이! 다 컸네. 교무실이 어디고?"

"저기서 꺾으면 나와. 나 13반인 거 알지? 모르는 거 있거든 이 예쁜 혜리님께 오렴. 그럼 우리 변태 오빠는 바이바이~."

도영이가 인상을 쓰며 뭐라고 했지만 나는 도망가느라 듣지 못했다. 거 참 고소하다. 그래도 약간 걱정이 된다. 이 인간이 뭐라도 실수하면 어쩌지? 에휴, 다른 건 다 해도 제발 첫날부터 하늘이를 찾아가지는 않길…….

2교시가 지나도록 도영이는 한 번도 나를 찾아오지 않았다.

이 소심쟁이가 삐쳤나? 이런 생각을 하면서 도영이 쪽을 하고 있는데 쉬는 시간에 매점에 갔던 나비가 헐레벌떡 뛰어왔다. 나비는 내 친구다. 윤나비. 별명이 윤나방인데 남자를 너무 좋아해서 '카사나방'이 돼 버렸다.

"왜 그래? 또 멋진 남자 애라도 봤냐?"

뭐, 그런 애는 세상에 이하늘 한 명뿐이지만.

"야, 어떻게 알았어? 14반에 어떤 남자 애가 전학 왔는데 사투리만 빼면 디따 멋있어. 아, 암튼 얼굴 진짜 봐 줄 만해! 이름이, 안도······영?"

"뭐시라? 안도여엉! 왜 하필 14반인 거냐!"

"왜, 왜, 아는 애야? 그럼 나 소개시켜 줘잉~."

이 혼란 속에서 나방이의 응석이 귀에 들어올 리 없다.

아, 이제 어떡하지? 어떻게 안도영이 하늘이랑 같은 반이 될 수 있냐고. 대체 내가 무슨 죄를 졌기에 이런 우환이 겹치는 거야. 아아, 정말 입이 가볍기로는 나비 날개만큼이나 가벼운 그놈의 입을 어떻게 막냐고!

이런 생각을 하고 있는데 나의 웬수께서 손수 오셨다.

"와아~, 갸가 갸던데? 내가 슬~쩍 니 얘기를 했는데 안다 카드라. 근데 그런 기생 오라비같이 생긴 아는 왜 좋아하는 기고? 이 오라비가 보기에는 좀 아니다. 그래도······."

"허이구, 니가 걔한테 뭐라 할 처지가 되냐? 그래도 걔는 약골······. 헉, 미, 미안······."

도영이 표정이 굳어졌다. 도영이가 정색할 때는 딱 한 경우뿐이다. 약골이라고 했을 때. 나름대로 자기 몸이 약한 게 콤플렉스인 것이다. 얘 삐치면 진짜 귀찮아지는데 어쩌지?

"오, 오빠? 삐쳤어? 아니지? 아아, 미안해! 그러니까 하늘…… 같은 내 마음에 왜 비수를 꽂아, 꽂기는!"

이크, 하늘이 이름을 말할 뻔했다. 그런데 녀석의 표정을 보니 단단히 삐친 것 같다. 아무래도 내가 하늘이를 좋아한다는 사실이 밝혀지는 건 시간문제일 것 같다. 이제 내가 전학 가야 하는 건가.

그렇게 시간이 지나 점심시간이 되었다.

그래도 전학 와서 마냥 좋은 건 아닐 텐데, 아직 친구도 없을 것 같고. 아무래도 내가 찾아가서 빌어야겠다. 그럼 하늘이 보겠네? 히히히.

이런 생각을 하면서 14반에 갔는데, 내 눈앞에서 하늘이랑 도영이가 아주 재밌게 얘기를 하고 있다. 뭐지? 도영이가 혹시 우리 하늘이를 귀찮게 하는 거 아냐?

나는 최대한 표정 관리를 하고 둘에게 다가갔다.

"하, 하늘아, 안녕~. 오빠, 미안해. 화 풀어, 응? 아까 농담이었던 거 알지?"

"아니다. 뭐, 약골한테 약골이라 카는데 누가 뭐라 카노?"

"아휴, 오빠야~. 진심이 아니었다니까. 미안해~, 응?"

안도영, 하늘이 앞에서 제발 나를 나쁜 애로 만들지 말란 말이다!

"아, 하늘!! 혹시 우리 동생 혜리가 누구를 좋아하는지 아나? 예전에 매일로 어찌나 자랑을 하던지. 우리 학교에 다니고 디게 멋있다 카든데?"

이 자식! 지금 하늘이에게 무슨 말을 하는 거야? 그냥 장난치려는 거겠지?

"아! 그리고 농구도 되게 잘한다 카든데?"

"음, 나 농구부인데 혹시 농구부에 있는 애들 중에 한 명인가?"

뭐야! 이름이라도 말할 기세잖아!

"이름이……."

"이름도 알아? 이름이 뭔데?"

하, 설마……. 아니지? 아니지, 안도영? 장난 그만 쳐라! 이따 너 죽었어!

"이름이 이하……?"

"그래! 나 하늘이 좋아한다! 이제 됐냐? 니 친척 동생 이렇게 쪽팔리게 하니까 좋아? 엉? 그래! 하늘아, 나 너 좋아해! 우씨……."

허걱! 방금 내가 무슨 소리를 한 거지? 이거 결국 내가 알아서 자백한 거잖아? 이런! 이거 다 안도영 때문이야! 상황 파악을 한 내 눈에 눈물이 고였다. 그러자 도영이와 하늘이가 당황하는 기색이 역력했다.

"야……, 나는 그냥 장난치려고 한 건데. 그거 말해도 되는 거였나?"

"흑, 그걸 말이라고 해? 너 진짜……, 우어어엉~."

나는 도영이 놈을 힘껏 째려보고는 우리 반으로 와 버렸다.

나비가 위로해 줬지만 이미 안도영 때문에 엎질러진 내 첫 고백은 다시 주워 담을 수 없는 거였다. 창피하고 억울하고 슬펐다. 너무 많이 울어 머리가 아파서 조퇴를 한다고 해 버렸다. 선생님은 내가 우는 게 너무 서러워 보였던지 얼른 조퇴증을 써 주셨다. 신발을 갈아 신으려는데 도영이가 나에게 달려왔다.

"야, 니 나 때문에 그러는 기가? 미, 미안타! 그래도 니 조퇴하면 나 어떻게 집에 가노?"

"지금 불난 집에 기름 붓냐? 넌 길도 몰라? 알아서 찾아와! 그리고 나 이제 약글 동생 안 할 거야! 너랑은 말도 안 해!"

"야, 니, 말이 너무 심한 거 아이가? 미안하다카이!"

"미안이고 뭐고, 됐어!"

도영이가 계속 소리쳐 불렀지만 나는 뒤도 돌아보지 않고 마구 달렸다. 그러고는 집에 와서 방에만 처박혀서 엄마가 문을 두드려도 대답도 안 했다.

그렇게 몇 시간이 지났다. 다들 하교할 시간이었다.

정말 도영이가 길을 잃어 버리면 어쩌지? 길눈이 어두워 길을 잘

못 찾는다고 외숙모가 꼭 같이 오랬는데……. 에이, 뭐 지가 어린앤가. 아, 몰라 몰라!'

'띠리리리리리~.'

주머니에서 울리는 핸드폰. 누구지? 어, 하늘이네? 순간 도영이의 모습이 떠올라서 얼른 받았다.

"하늘아, 무슨 일이야?"

"혜리야, 너 어디야? 지금 도영이가 너 학교에서 기다리고 있거든. 어디야?"

"집인데……. 왜? 도영이 길 모른대?"

"아, 너 조퇴해서 모르겠구나. 도영이 아까 계단에서 굴러서 선생님 차 타고 병원 갔었어. 다리에 약간 금이 갔다는데 걷기가 힘든가 봐. 근데 나는 학원 때문에……. 빨리 가 봐, 교문 앞에서 기다리고 있을 거야."

"알았어! 끄, 끊어!"

이 바보 같은 것. 전학 온 첫날부터 아주 특이한 짓만 골라서 하네. 이 귀찮은 녀석은 그냥 구미에서 시골 소년 놀이나 하고 건강하게 살지 왜 하필 서울까지 올라와서 날 고생시켜, 시키긴! 사람 걱정이나 시키고, 나쁜 녀석!

교문 앞으로 달려가니 도영이가 되게 불쌍한 모습으로 앉아 있었다. 발에 깁스를 한 채. 그걸 보니 괜히 미안해졌다.

"야! 너 왜 이렇게 다쳤냐?"

"어? 어떻게 알고 왔노? 어떻게 집에 가노 막막했는데, 일부러 와 준 기가?"

"고맙긴 하냐? ……어? 이 상처 뭐야? 누구랑 싸웠어?"

"아, 이거? 어떤 놈이 니 가고 나서 니더러 뚱땡이라 캐서. 그래도 명색이 핏줄인데 니가 뚱땡이면 내도 뚱땡이지, 그쟈? 그러니까 너무 열받는 기라. 그래서 싸우다가 그 녀석이 피하는 바람에 계단에서 굴렀다 아이가. 부축 좀 해라."

"으이구! 그런 애는 그냥 무시해 줘야지 그걸 다 상대하냐? 이 한심한……. 뭐, 어쨌든 고마워."

"아이다, 뭐. 아, 이제 화 다 풀린 기가? 여섯 살 땐가 내가 공 뺏아 갔을 때 이후로 니가 우는 거 처음이라서 아까 내가 얼마나 당황한 줄 아나? 아까는 정말 미안타."

"흥, 미안하기는 한가 보지? 뭐, 피차 미안하니까 지금까지 있던 불미스런 일들은 모두 덮어 두자고. 그리고 이제는 절대 싸우지 마, 엉? 나 외숙모한테 혼나게 하지 말고!"

"알았다. 근데 부축 좀 제대로 안 하나? 혼자 걸을 때보다 더 불편하다."

"아, 알았어."

"야, 근데……."

"근데 뭐?"

"너 진짜 하늘이 좋아하나? 그러면 그 살…… 좀 빼라. 오빠로서 하는 최고의 충고다."

"야!"

"하하하! 농담이다, 농담!"

그렇게 도영이를 부축하며 왔다.

도영이는 무사히 집에 들어가고, 나는 몸이 약한 오빠가 저 지경이 될 때까지 뭐 했냐며 엄마에게 꾸중을 들었지만 기분이 나쁘지는 않았다. 도영이가 내 욕하는 아이랑 싸워 줬다는 얘기를 듣고 솔직히 좀 든든했다.

도영아, 다음부터 사고만 안 치면 진짜로 오빠 대접해 줄게.

| 후기 |

저에겐 안도영처럼 며칠은 아니지만 3개월 일찍 태어난 친척 오빠가 있는데 어릴 때 진짜 많이 싸웠어요. 그때를 생각하면 지금도 웃음이 나요. 커서도 그때처럼 그렇게 티격태격 싸운다면, 재밌는 이야기가 나오지 않을까 해서 소설로 써 봤답니다.

부모님과 겪는 문제도 있지만, 형제간의 갈등도 청소년들에게는 빼놓을 수 없으니까요. 소설의 중요 고리는 이성 문제이지만 사실은 제 또래 아이들이 이성보다는 가족과의 사랑을 더욱 더 소중하게 여겼으면 하는 바람으로 이 소설을 썼습니다. 혜리가 화가 났지만 도영이가 그냥 또래 친구가 아닌 '가족'이기 때문에 더 빨리 화해를 하게 된 것 아닐까요? 친구들이 이 소설을 읽고 나서 언니나 오빠, 혹은 형, 누나, 동생들을 한 번쯤 사랑스런 눈으로 쳐다봤으면 좋겠습니다. ^^

반성문

박준모(신월중 3년)

딩동, 딩동!

수업종이 울림과 동시에 아이들이 일제히 교실로 몰려 들어갔다. 아이들이 사라지자 고막을 찢을 듯 시끄럽던 소음도 같이 잦아들었다. 이내 텅 빈 복도에는 적막만이 감돌았다.

나는 지금 생활지도부 앞 복도에 책상을 내놓고 혼자 앉아 있다. 이 넓고 긴 복도에 나 홀로 앉아 있기는 처음이다. 외롭다는 생각을 하니 몸이 더 춥게 느껴졌다.

코트의 맨 위까지 단추를 채우고 나서, 내가 앉아 있는 책상을 내려다보았다. 책상 위에는 낙서가 가득했다. 화이트로 끼적거린 몇몇 가수 이름과 만화, 그리고 '길훈이와 수정이'라는 글자 사이의 하트, 그런 하트에 누가 칼로 지그재그를 그어 놓았다.

그 책상 위에 내가 써야 할 반성문이 놓여 있다.

박후근. 내 이름 석 자만 써 놓고 내용은 아직 한 줄도 채우지 못했다. 그렇다. 지금 나는 반성문을 써야 하는 것이다. 내가 반성문을 쓰게 되다니, 이건 상상조차 못했던 일이다. 그것도 중학교 3학년 말, 겨울 방학을 코앞에 두고.

나는 반성문을 앞에 두고 강한 거부감 같은 것을 느꼈다. 물론 내 행동이 다 옳은 것은 아니다. 그렇지만 변명같이 들릴지는 몰라도 내게는 이런 상황이 생기게 된 분명한 이유가 있었다. 그것은 한 시간 안에 글로 다 설명할 수 있는 단순한 문제가 아니었다. 그런데도 학생부장님은 "한 시간 있다가 오겠다. 그때까지 다 써 놓아라. 내일은 부모님을 모시고 등교한다. 알겠나?"라며 다짜고짜 엄포를 놓고 갔다. 답답했다.

그러나 쓰지 않을 수는 없었고, 어차피 쓰는 거라면 최대한 빨리 써야 한다고 생각했다. 엄포가 두렵다기보다는 쉬는 시간까지 이러고 있으면 곧 이어 몰려나올, 그리하여 나에게 엄청난 수치심을 안겨 줄 아이들의 흘끔거리는 눈이 무서웠다. 적어도 내게는 그랬다.

나는 펜을 꺼내 들고 글을 써 내려가기 시작했다.

이 사건의 발단은 3월부터였다고 볼 수 있다.

그때 나는 3학년이 되었다는 막연한 두려움과 함께 상당한 호기심 또한 가지고 있었다. 같은 반에서 올라온 친구도 있고, 1학년 때부터 얼굴이 익은 아이도 몇 있어, 내성적인 성격에도 불구하고 그럭저럭 괜찮을 거라고 생각했다. 그때만 해도 앞으로 피곤한 일 년을 보내게 될 거라고는 꿈에도 생각지 못했다.

  3월 셋째 주 학급 회장을 뽑는 날이었다.

  회장 선거는 담임선생님이 사회를 보는 형식으로 치러졌다.

  후보는 추천 또는 스스로 지원을 할 수가 있었는데, 지금까지 겪어 본 바로는 회장을 자원하는 적극적인 아이들이 한들은 있기 마련이었다. 역시나 한 명이 손을 번쩍 들고 기세 좋게 자신이 출마하겠다고 선언했다. 그에 화답하듯 한 떼의 여자 아이들이 까르르 웃었다. 그 아이의 이름은 임용우라고 했다.

  분필로 칠판에 '임요'까지 쓰던 선생님이 갑자기 몸을 돌렸다. 그러더니 뭔가 확인할 것이라도 있는지 출석부에 얼굴을 바짝 갖다 댔다. 그러자 임용우가 큰 소리로 말했다.

  "선생님, 제 이름 임용우 맞는데요! 출석부 확인하실 필요 없어요!"

  그러나 선생님은 출석부의 명단을 보시는 게 아니었다. 출석부 사이에 무슨 메모지 같은 것이 끼워져 있었다. 내가 앉은 앞자리에서는 그 광경이 잘 보였다.

  잠시 후 선생님은 임용우를 똑바로 쳐다보며 딱 잘라 말했다.

"미안하지만, 넌 안 돼."

"예? 왜요?"

선생님은 안경 너머로 임용우를 살피며 천천히 답하셨다.

"이번에 학생부에서 벌점이 10점이 넘은 학생들은 회장에 출마할 수 없도록 하라는구나. 그런데 넌 10점이 훨씬 넘은 것 같은데?"

임용우의 낯빛이 싹 변했다.

"저 2학년 때도 회장했었는데요!"

"학생부에서 올해부터는 그렇게 하라니 나도 어쩔 수가 없구나. 대신 멀티미디어 담당은 어떻겠니?"

선생님이 안타깝다는 듯이 말했다.

그러나 임용우는 아무 말 없이 자리에 털퍼덕 주저앉았다. 그러고는 우거지상을 하고 의자 밖으로 다리를 쭉 내뻗었다. 선생님은 잠깐 당황한 표정을 지었으나 그의 기분을 생각해서인지 별말씀은 하지 않았다.

그렇게 편치 않은 분위기 속에서 회장 선거가 진행되었는데 뜻밖에 내가 회장으로 뽑혔다.

전혀 예상하지 못한 일이었다.

나는 성격이 내성적인 데다 지도력도 없어 전혀 아이들의 눈길을 끌 스타일이 아니었다. 워낙 남 앞에 나서는 것을 싫어해서 초등학교 때는 거의 눈에 띄지 않게 살기도 했다. 말하자면 약간의 '왕따'

기질이 있다는 뜻이다. 그런데 누군가 성적이 상위권이라는 이유만으로 나를 추천했고, 그렇게 올라온 다섯 명의 후보가 대부분 사퇴 의사를 밝히거나 성의 없이 공약 발표를 얼버무리는 바람에 그만 표가 내게 몰린 것이다.

나는 회장 경험이 전혀 없었다. 게다가 임원 자리에 별로 매력을 느끼고 있지도 않았다. 회장이란 것이 무슨 특별한 역할을 한다기보다는 공연히 아이들과 선생님 사이에 끼어 구박이나 받는 그런 자리였기 때문이었다.

1차 투표에서 최다득표자 둘을 뽑아 결선 투표를 치르는 동안 간절하게 회장이 되지 않기를 빌었으나 결국 회장이 되고 말았다.

"에……, 열심히 하겠습니다."

담임선생님에게 등 떠밀려 당선 소감을 발표하고 들어오는 내 머릿속은 복잡한 생각으로 터질 듯하였다.

그때 뭔가 기분 나쁜 이상한 느낌이 들었다.

임용우. 앞에서 세 번째 줄 의자에 가늘고 긴 두 다리와 한 팔을 걸친 임용우가 움푹 팬 두 눈으로 나를 매섭게 노려보고 있었던 것이다. 긴 머리를 뒤로 쓸어 넘기면서.

4월이 되었다.

점심시간은 언제나 그렇듯, 넘쳐 나는 아이들로 다른 반 앞까지 길게 배식 줄이 늘어서 있었다. 나는 그 줄의 맨 끝에 섰다. 어차피 3년 내내 꼴찌였으므로 별로 새삼스러울 것도 없었다.

점심시간 때 교실에서 벌어지는 풍경은 한 무리의 원숭이 집단과 크게 다르지 않다. 언젠가 디스커버리 채널에서 '하등한' 원숭이들이 서열을 이루어 밥 먹는 것을 본 적이 있는데, 이곳의 '고등한' 인간들이 밥 먹는 모습과 매우 흡사했다.

원숭이들이 힘센 원숭이를 우두머리로 삼아 제1서열, 제2서열, 제3서열 이렇게 차례를 이루어 밥을 먹듯, 우리 반도 성별에 관계없이 반에서 가장 '권력'이 강한 아이들이 늘 앞쪽을 차지하고(이들은 종이 울리면 번개같이 달려 나간다.) 그런 다음에 그 아이들과 성향이 비슷한 아이들(제2서열)이 새치기로 자리를 잡는다. 그리고 그 뒤에 이런저런 아이들이 악다구니를 쓰며 붙는다. 말하자면 제3서열이다. 그리고 마지막으로는 가장 약자 축에 드는 아이들이 선다. 나도 이 그룹에 속해 있다. 아무리 빨리 밥을 받으러 나와도 언제나 새치기를 당할 뿐이고, 항의를 한다고 먹힐 분위기도 아니기 때문에(겁도 나고 말이다.) 그저 방치하거나 양보를 하는 것이다. 그래서 나는 아예 일찍 나가지를 않았다.

이것은 참 불편하고 부당한 일이 아닐 수 없다. 학교에서 배운 대로 공동 규칙과 차례를 지킨 결과가 고작 이런 것이라니. 꼴찌 그룹에 속해 있으면 급식량을 내가 결정할 수 없다. 앞에 아이들이 남겨 놓으면 먹는 것이고, 싹 긁어먹으면 남은 반찬 가지고 먹어야 하는 것이다. 선생님이 감독을 하면 그날만 정상적일 뿐 안 계시면 바로 원위치로 돌아갔다.

그날도 꼴찌로 배식을 받고 보니 만두도 없고, 부대찌개에는 소시지도 없이 김치 쪼가리만 둥둥 떠 있었다.

나는 식판을 들고 현호 옆에 앉았다. 현호는 1학년 때 같은 반이었던 아이인데, 행동거지가 명쾌하지 못하고 다소 어리버리한 편이었다. 뭘 잃어버리고 울거나 하면 아이들에게 큰 약점을 잡히게 마련인데 현호가 그랬다. 그러나 순진한 면도 있고 심성도 착해서 그럭저럭 친하게 지내는 편이었다.

한참 밥을 먹고 있는데 뒤에서 작은 소란이 일었다.

"야, 이 돼지 새꺄!"

"나 대지 아니야잇!!"

역시 제현이었다. 제현이는 이른바 '특수'라 불리는 정신 지체 장애아였다. 우리 학교에는 정신 장애가 있는 아이들을 따로 모아 편성한 특수 학급이 있는데, 제현이도 그 반 소속으로, 예체능 과목이나 급식 시간만 우리 반으로 올라와서 생활했다. 그런 제현이를 놀리고 있는 아이는 임용우였다.

"뭐가 아니야. 아, 돼지 새끼 밥 졸라 더럽게 처먹네."

"야, 그르지마. 사과해야!"

임용우가 식판을 툭툭 치면서 약을 올리고, 제현이는 특유의 어눌한 억양과 목소리로 고함을 지르는 장면이 이어졌다. 몇몇 여자아이들이 깔깔거리며 구경을 하고, 제현이가 주먹을 휘두르며 일어서자, 임용우는 재미있어 미치겠다는 표정으로 쏜살같이 교실 밖으로 튀어 나갔다. 그 뒤를 제현이가 뒤뚱뒤뚱 쫓아갔다.

이것 역시 늘 보는 식상한 광경이었다. 나는 회장이었으므로 그런 짓을 못하게 말려야 했지만 솔직히 내겐 좀 벅찼다. 옳지 못한 짓이라는 명분을 내세워 임용우를 제압할 자신이 없었다. 속은 상했지만 그저 분위기에 억눌려 죄책감만 느끼고 있었다.

잠시 후 제현이를 따돌린 임용우가 씩 웃으며 들어왔다. 그러고는 우리들 곁을 지나며 아무렇지도 않게 현호의 식판에서 만두를 집었다.

"아, 뭐야아!"

현호가 신경질을 부리자 임용우가 삐딱하게 말했다.

"딱 하나만 주세요, 현호님! 예?"

현호는 더 이상 임용우를 어쩌지 못했다. 현호는 힘센 놈에게 붙는 아이들과 당하는 아이의 중간쯤이었다. 가끔 새치기도 하고 뻗대기도 했지만 결정적인 순간에는 고개를 숙였다. 그래서 아이들은 현호를 적당히 무시하고 지냈다.

임용우는 만두를 입에 넣은 채 나를 흘끗 바라보더니 가 버렸다.

임용우는 나를 건드리지 않았다. 그러나 학급 회장 '사건' 이후 내게 상당한 유감을 가진 것만은 틀림없어 보였다. 아직 나를 어쩌지는 못하지만 뭔가 꼬투리를 잡고 싶어 하는 게 내 눈에는 확연하게 들어왔다.

나는 꼭이 임용우를 의식해서가 아니라, 처음 회장이 된 후로 결심한 '유화 정책'을 충실하게 수행하고 있었다. 웃는 낯에 침 못 뱉는다고 항상 반 아이들을 친절하게 대하면 아이들도 불만이 없었다. 나도 좋고, 반 아이들도 좋은 일이었다. 회장이랍시고 매사 명분을 내세워 시시비비를 가리려 했다가는 '잘난 척하는 재수 없는 회장 놈'으로 찍힐 것이 뻔했다. 그래서 일 년 내내 불편하게 살기보다는 적당히 현실과 타협하는 쪽으로 기울어진 것이다.

그런 중에도 임용우가 나를 바라보는 시선이 곱지 않다는 것을 느낌으로 알 수 있었다. 나는 임용우처럼 사람을 거칠게 대하고, 아무렇게나 제 편한 대로 행동하는 유형의 인간을 아주 싫어했지만 그럴수록 트집을 잡히지 않기 위해 신경을 썼다. 조그만 꼬투리라도 잡았다 하면 임용우는 나를 가만두지 않을 것이다. 그 며칠 뒤에 있었던 아침 조회 일만 해도 그랬다.

수련회비를 걷고 있는데, 갑자기 예정에 없던 운동장 조회 예고 방송이 흘러나왔다.

아이들의 온갖 원성 속에 국기에 대한 맹세를 시작으로 운동장 조회가 치러졌다. 조회는 특별한 내용이 없어 보였다. 그런데 조회가 끝날 무렵 난데없이 학생부장 선생님이 마이크를 잡았다.

"1, 2학년은 올라가고 3학년은 그 자리에 남는다. 3학년은 정렬한 뒤에 자리에 앉아라!"

경험에 비춰 볼 때 이런 때는 인원 조사를 하려는 것이다. 3학년 인원이 턱없이 적게 조회에 참석했다거나, 아니면 학교 밖에서 무슨 일이 벌어져 신고가 들어왔을 것이다. 아니나 다를까 학생부 선생님들이 각 반을 돌며 인원을 체크하기 시작했다.

우리 반 차례가 되자 학생부 선생님이 11반 회장인 나를 호출하더니, 여학생은 다 있는데 남학생 중에 네 명이 빈다고 했다.

"누구누구야? 빨리 이름 대!"

현호가 임용우가 빠졌다고 외치자 다른 아이들이 여기저기를 둘러보며 자리에 없는 아이들의 이름을 주섬주섬 불렀다. 나는 그 이름을 정리해서 선생님에게 알려 드렸다.

"그러니까, 강현석, 배종식, 전현용…… 그리고 임용우요."

인원 검사가 다 끝나고서야 우리는 교실로 들어갈 수 있었다.

교실에 와서 현호와 물을 나눠 마시고 있는데, 뒷자리가 수런수런하더니 임용우가 아이들을 비집고 나를 향해 뚜벅뚜벅 걸어왔다. 명단 체크 때문일 거였다. 난 잠시 공포감에 주춤했지만, 잘못한 일이 아니기 때문에 허리를 곧게 폈다.

"니가 내 이름 불었냐? 아 씨발, 너 때문에 존나, 아 또 학생부에 가야 되잖아!"

'아'를 남발하는 말투가 귀에 거슬렸지만 나는 애써 침착함을 유지했다.

"학생부 선생님이 인원수 파악하고, 없는 아들 이름 다 대라잖아. 애들도 이름을 불러 주고. 거기서 어떻게 이름을 감추냐. 근데 너 어디 있었는데?"

임용우는 주위 아이들을 도끼눈으로 훑어보며 말했다.

"아 진짜 나 준비물 사러 저 앞 문방구 갔었다고! 아 씨발!"

물론 거짓말이다. 오늘은 따로 준비물이랄 게 없는 날이었다.

"그럼 학주 샘한테 가서 말해 봐. 담임선생님이 써 즌 출입 허가증 있을 거 아냐?"

임용우는 씨발을 뇌까리며 바닥에 침을 뱉었다. 그러고는 현호가 자신의 이름을 댔다는 아이들의 증언을 빌미로 현호를 집적대기 시작했다.

"니가 안 그랬다고? 씨발 놈! 너 또 한 번 걸리면 뒈진다!"

겉으로는 현호에게 하는 말이었지만 분명 나까지 싸잡아 하는 협박이었다.

오월 둘째 주에 떠난 수련회 날은 모두가 들떠 있었다.

늘 비슷한 프로그램으로 진행되는 수련회 자체는 별로 재미가 없었지만 일단 2박 3일 동안 학교를 벗어난다는 점 하나만으로도 충분히 즐거울 수 있었다. 게다가 이번에는 숙박 장소가 값비싼 스키장 콘도라서 시설이 장난 아니게 좋다고 했다. 각 방마다 텔레비전이 있다는 사실에 아이들은 환호했다.

입소식이 끝난 뒤에 방을 배정받았다. 남학생 앞으로는 408호, 409호 두 칸이 배정되었다. 우리 반 남학생이 열여덟 명이니까 아홉 명씩 들어가면 딱 맞았다. 방이 정해지면 그에 따라 인원을 나누고, 방 관리를 책임질 방장(房長)을 각각 정해야 했다.

나는 열쇠 두 개를 흔들며 아이들에게 물었다.

"어떻게 나눌래?"

그러나 곧 물을 필요가 없었다는 것을 깨달았다. 이미 아이들은 각 방문 앞에 아홉 명씩 무리지어 서 있었던 것이다. 그 구성을 보니 참 신기했다. 내 쪽에 선 아홉 명은, 말하자면 제3, 4서열, 즉 반에서 가장 발언권이 약한 아이들이었고, 바로 그 옆 방문 앞에 줄지어 선 아이들은 임용우를 축으로 제1, 2서열 그룹의 아이들이었다.

그 자연스런 분화를 보면서 오히려 마음이 편해졌다. 잠자리에서만이라도 마음 편하게 지낼 수 있다는 게 얼마나 다행스러운 일인가.

"그럼 거기 방장은 누구로……."

말이 끝나기도 전에 임용우가 열쇠 하나를 휙 낚아챘다.

"내가 할게. 우리가 408호다."

나는 고개를 끄덕이고는 우리 방의 아이들을 보았다. 아이들은 아무 말 없이 날 물끄러미 쳐다보았다. 우리 방은 회장 네가 그냥 방장을 맡으라는 암묵적인 의사 표시였다.

방으로 들어와 짐을 정리하는데 (우리끼리 있으니까 분위기가 참 좋았다.) 모두 강당으로 모이라는 안내 방송이 나왔다. 아이들은 구르듯이 신발을 찾아 신고 뛰어나갔다.

복도를 지나는데 한 떼의 아이들이 내 어깨를 밀치며 앞으로 뛰쳐나갔다. 408호 아이들이었다. 이어 내 귀에 그들이 주고받는 말이 분명하게 들렸다.

"야, 너 매직펜 가지고 왔냐?"

"당근이지! 어느 방부터 돌래?"

"내일 아침에 그 새끼들 얼굴 좀 보자, 크크……."

나는 그 말이 무슨 뜻인지 금세 알아차렸다.

그들은 취침 시간을 이용해 방마다 돌며 아이들 얼굴에 매직으로 낙서를 할 것이 분명했다. 유성 매직으로 낙서를 하면 최소한 1박 2일은 그 흔적이 남는다. 우리 방 아이들이 그들의 첫 '놀잇감'이 될 것이다.

408호 아이들이 다 그런 것은 아니지만, 몇몇은 남을 괴롭히는 짓을 대수롭지 않게 하는 아이들이었다. 또 감정적으로 행동하면 멋있어 보인다고 생각하는지 쌈질은 예사였다. 벌써 남을 힘으로 제압하는 데 익숙해진 녀석들은 자신들의 재미를 위해서라면 남이야 얼굴에 번개표를 그리고 다니건, 똥 그림을 달고 다니건 개의치 않을 것이었다.

첫날 오후 프로그램을 진행하는 데 별로 흥이 나지 않았다. 자꾸 그 생각이 떠올랐다.

'어떻게 막아야 하나.'

틀림없이 그들은 올 것이고, 자칫 잘못 대응하다가는 시비가 벌어질 수 있었다. 시비가 벌어진다면……. 생각이 여기에 미치자 짜증이 치밀었다. 정당한 것을 주장하고 요구하는데 왜 지레 겁을 먹어야 하며, 이렇게 심란스러워야 하는지. 그러면서도 한편으로는 내가 많이 달라졌다는 생각이 들었다. 전 같으면 어떻게 피할까를 궁리했지 감히 대든다는 것은 생각도 못했을 것이다. 재앙으로만 여겼던 '회장'이란 자리가 의무감, 자존심 이런 면에서 적지 않은 영향을 끼치고 있었던 것이다.

10시가 취침 시간이었다.

취침 시간 전에, 무슨 일이 생기면 1층 로비의 교관실을 찾으라는 말과 함께, 밤에 자지 않고 떠들거나 돌아다니면 단체 기합을 받게 될 것이라는 협박성 안내 방송이 나왔다.

수련회에서는 선생님들이 개입하지 않기 때문에 교관의 말이 곧 법이고 질서였다. 어떤 교관은 매우 엄격해서 실제로 새벽까지 잠을 재우지 않고 벌을 준 경우도 있었다.

"야, 먼저 일어나는 사람이 깨워 주기다!"

이불을 펴고 흔호와 나란히 누웠으나 쉽게 잠이 오지 않았다. 복도는 조용했다. 벌써 몇몇 아이들은 코를 골며 잠 속으로 빠져 들었다.

나는 우리 방 아이들에게 얼굴 낙서를 조심하라는 이야기는 하지 않았다. 실제 벌어지지도 않은 일을 가지고 공연히 아이들을 불안하게 할 필요는 없었다.

내가 잠이 들기 직전까지(아마 열두 시쯤 되었을 것이다.) 예상대로 두 차례 옆방 아이들의 '침공'이 있었다. 그럴 때마다 나는 교관을 핑계로 그들을 쫓아냈다. 물론 쉽게 물러나지 않았으나 내가 언성을 높이자 어물어물 방을 나갔다.

"뭐야! 자꾸 들어오면 교관한테 갈 거야, 진짜!"

역시 교관의 우력이 컸다. 옆방 아이들은 두 번 다 교관이라는 말에 움찔하더니 다른 방으로 가자며 물러났다. 그러고 난 뒤에 나는 잠 속으로 빠져들었다. 수련회 첫날이라 피곤하기도 했고, 두 번이나 실패했는데 또 오겠나 싶었기 때문이다.

그러나 그건 오산이었다. 나는 무언가 축축하고 부드러운 물체가 뺨에 닿는 느낌에 퍼뜩 깨어났다. 바로 내 눈 앞에 임용우의 얼굴이 있었다. 난 임용우를 밀치며 몸을 벌떡 일으켰다. 그 바람에 임용우의 손에 들린 매직펜이 내 뺨을 길게 긁고 지나갔다. 나는 안경을 찾아 쓴 뒤 임용우를 노려보며 낮게 소리쳤다.

"내가 경고했지! 교관 부르러 간다고!"

그리고 잽싸게 방을 뛰쳐나왔다. 꼭이 교관을 찾아간다기보다는 일단 겁을 줘야 했다. 내 스스로의 배짱과 힘으로 임용우를 막기에는 내가 너무 약했다. 현호가 내 뒤를 따라 나왔다. 현호의 코끝에는 두 번째 참공 때 당한 매직 자국이 시커멓게 남아 있었다.

1층 카운터 로비로 가는 마지막 층계에 도착했을 때였다. 로비 반대편에 잠들어 있는 교관이 보였다. 잠시 주춤하고 있는데 뒤에서 우리를 부르는 소리가 들렸다.

"야! 거기……"

임용우와 나머지 세 명이 복도 모퉁이에 서 있었다. 그들은 몹시 당황한 듯했다. 임용우가 슬그머니 걸어오더니 나를 잡아채 복도 뒤편으로 데려갔다. 그러곤 낮게 소리쳤다.

"야, 그냥 장난이야, 새꺄. 너는 수련회 때 장난 한 번도 안 해 봤냐?"

"피해는 안 줘."

"아 진짜? 웃기지 마. 존나 왜 나서서 지랄이야! 아 씨발!"

"놀리려면 너희들끼리 서로 얼굴에 매직 긋고 놀란 말야."

주먹이 날아올지 모른다는 두려움에 어금니가 덜덜 떨렸지만 아랫배에 힘을 주고 최대한 버텼다. 어쨌거나 회장으로서의 의무와 내 자존심은 지켜야 했다. 임용우가 머리를 한 번 쓸어 넘기며 내 어깨를 툭툭 건드리는 동안, 나는 겁먹은 표정이 새 나가지 않으면서도(그러면 비굴하게 보인다.) 임용우를 자극하지 않도록 온 신경을 집중했다. 그러면서도 머릿속으로는 사태를 마무리 지을 적절한 말들을 마구 굴려 대고 있었다. 임용우는 합리적이거나 논리적인 말에 약했다.

"니가 뭔데 그래, 응? 니가 뭔데 씨발 잘난 척이냐고!"

당연히 해야 할 상식적인 일을 하고 있음에도 고상을 떤다느니 잘난 척을 한다느니 하는 말도 안 되는 야유들을 나는 굉장히 싫어했다. 정당한 일을 하는 소수에게 떳떳치 못한 다수가 분위기로 밀어붙여 '잘못'을 만들어 씌우는 상황일 때, 소수는 모욕감을 느낄 수밖에 없다. 나는 잘난 척이라는 말에 화가 치밀어 맞받아 소리를 질렀다.

"뭐? 잘난 척? 넌 그걸 당할 때 얼마나 짜증 나고 화나는지 모르지? 넌 당해 본 적 없잖아? 만약 누가 니 얼굴에, 그것도 매직으로 낙서를 하면 참겠냐? 그런데 잘난 척이라고? 니가 무슨 운동 잘하게 태어났으면 다냐? 애들이 왕따당하기 싫어서 굽실거리는 게 그렇게 기분이 좋냐? 니가 뭐 대단한 놈이라도 되는 것 같아? 넌 살면서 남 생각이라곤 눈곱만큼도 해 본 적 없지? 니가 무……."

나는 솟구치려는 눈물을 필사적으로 참으며(나는 흥분하면 눈물이 그렁그렁해지는 습관이 있다.) 나오는 대로 쏟아 부었다. 임용우는 안면이 딱딱하게 굳으며 날 후려칠 기세였다. 나도 모르게 쏟아 낸 말에 내 자신이 지레 놀라 하얗게 칠려 있는데 갑자기 굵은 목소리가 우리 사이를 가로질렀다.

"야, 너히들! 싸우며 안 대. 싸우며 나쁜 지시야!"

교관인 줄 알았던 굵은 목소리는 뜻밖에 제현이었다. 제현이는 우리들 곁으로 다가와 혀 짧은 소리로 손짓 발짓을 해 가며 열심히 훈계를 했다. 제현이는 기초 도덕에 아주 강했다.

"너히들, 서러 사가해. 서러 싸우는 거느 나쁜 지시야. 알게지?"

임용우와 내가 잠시 멍한 채로 제현이를 바라보는데 그때까지 발을 동동 구르며 불안에 떨던 현호가 다급하게 소리쳤다.

"야아…… 교관 깬 거 같아. 빨리 가자."

말이 떨어지기 무섭게 임용우네 패거리들이 몸을 돌려 계단 위로 뛰어갔다. 임용우도 잽싸게 그 뒤를 따라갔다. 현호와 나도 엉겁결에 제현이를 몰아대며 방으로 돌아왔다. 우리들이 벌인 소란 때문에 공연히 다른 아이들까지 피해를 보는 것은 나도 원치 않는 일이었다. 방으로 들어온 뒤에 숨을 죽이고 기척을 살폈으나 다행히 교관이 따라온 것 같지는 않았다.

여러모로 가슴이 쉽게 진정되지 않았다. 나는 새벽녘이 되어서야 간신히 잠이 들었다.

수련회 사건 이후 임용우는 가끔 나를 째려볼 뿐, 별다른 말은 없었다.

나는 내가 한 행동이 정당한 것이었다고 스스로 위안을 했지만 불안하고 찜찜한 기분은 가시지 않았다. 누구와 그렇게 대놓고 맞선 것은 처음이었다. 그래서 임용우에게 더 신경이 쓰였다.

임용우는 내가 보인 예상치 못한 반응에 적잖이 당황한 것 같았다. 왜 그런지 몰라도 임용우는 자신에게 고분고분하지 않거나 뭔가 우월한 부분이 있는 아이들을 무척 싫어했다. 나는 특별히 뻣뻣하게 굴지는 않았으나 그렇다고 임용우의 비위를 맞추려 애쓰지도 않았다. 임용우에게 그런 나는 상당히 불편한 존재였을 것이다.

하긴 나 같은 성격도 드문 편에 속했다. 겁은 많으면서도 자존심은 살아 있는, 그리고 원칙에 예민한 성격 말이다. 친구들은 내가 학교를 다니면서 9년 동안 겪어 온 '아이들만의 사회'에 대한 문제를 들먹일 때마다, 그런 건 적당히 외면하고 무시하라고 했다. 그렇게 걱정을 하고 불평을 해 봐야 바뀌는 것도 없이 자신만 손해라는 논리였다. 그들도 내가 말한 문제에 상당 부분 얽혀 있기 때문일 것이었다.

물론 나도 그 문제로부터 결코 자유롭지 못했다. 차이가 있다면 그래도 나름대로 원칙을 지키려고 애를 쓴다는 것 정도일까. 그래서 나는 나와 친한 친구들조차 새치기, 얼렁뚱땅 넘기기 등이 일상화되어 버렸다는 것에 상당한 불쾌감을 느끼고 있었다. 어쨌거나 임용우는 나를 쉽게 보지 못하는 것 같았다.

2학기가 시작되고 새로 회장 선거가 있었다.

처음에는 그렇게 싫어했는데 막상 회장에서 물러나니 어떤 아쉬움 같은 것이 남았다. 회장을 하는 동안 왠지 내가 중요한 역할을 하는 듯한 느낌이 강하게 들었고, 그 책임감이 내 행동을 함부로 흐트러지지 않게 하는 데 큰 영향을 준 것 같았다. 그 전까지는 그저 편한 대로 하자는 생각이 많았었는데, 이제는 한 번 더 생각하는 쪽으로 변해 있었다.

그리고 회장을 하면서 얻은 게 하나 더 있었다. 학급에서 내 입지가 은연중 넓어졌다는 것이다. 누구도 만만하게 대하지 않는, 말하자면 '비바람이 닥치지 않는' 그런 자리에 놓이게 된 것이다. 좋은 일이긴 했으나, 나만 비바람을 피하면서 그저 당하고 사는 아이들을 지켜봐야 하는 것도 무척이나 괴로운 일이었다.

아무튼 2학기는 별다른 사건 없이 슬슬 흘러가 버렸다.

마지막으로 졸업 고사가 끝나고 나자, 이제 학교는 거의 놀러 나오는 것이 되고 말았다.

방학까지는 꽤 많은 시간이 남아 있었으므로 선생님들은 책이라도 읽히기 위해서 안간힘을 썼으나, 아이들은 영화나 보자고 버텼고, 그래서 결국은 하루에 영화를 두 편이나 보는 날도 있었다. 또 눈치를 봐서 만만한 선생님이다 싶으면 허락도 받지 않고 축구를 한다고 우르르 운동장으로 몰려 나갔다. 원서까지 쓴 마당에 선생님들이 아무리 점수를 깎아야 별 영향이 없다는 것을 눈치 챈 아이들은 완전히 막가고 있었다. 선생님들이 학습 퍼즐을 만들어 오셔도 그걸 끝까지 풀어 보는 아이는 한두 명에 불과했다. 그것도 바보 취급을 당하면서.

이런 분위기가 계속되자 서서히 짜증과 함께 분노가 올라오기 시작했다. 특히 평소보다 엉망이 된 급식 시간은 더 그랬다. 친구들은 점심시간만 되면 저기압으로 돌변하는 나를 보며 놀라워했다.

그리고 방학식 바로 이틀 전 날이 왔다. 내가 반성문을 쓰고 있는 바로 오늘!

3교시는 기술 시간으로 라디오 조립 시간이었다. 담당은 학생부장 선생님이었는데, 급하게 해결할 일이 있다며 나를 불러 인원을 체크하고 부품 상자를 하나씩 나누어 주라고 했다. 아이들이 속속 기술실로 도착하고, 나는 그에 따라 이름을 체크하며 상자를 나누어 주었다. 그런데 거기에 네 명의 이름이 또 빠져 있었다. 임용우와 나머지 세 명이었다. 또 축구하러 도망갔나, 라고 생각하며 아이들이 인두로 납을 지지는 중인 커다란 테이블로 다가갔다. 나는 회로기판을 집어 들고 선진이 옆에 앉았다.

"임용우랑 전현용, 배종식……, 걔들 어디 갔냐? 오늘 아침에도 있었잖아?"

그때 뒤에 있던 현호가 낮은 소리로 속삭였다.

"걔네들, 땡땡이치고 PC방 갔어. 학주한테 머리 걸릴까 봐."

요즘 들어 현호는 그 패거리에게 부쩍 더 시달리고 있었다. 돈 많은 현호의 최신형 MP3니 핸드폰은 거의 그들 것이나 다름없었다. 현호는 무척 기분 나빠했으나 그렇다고 현호가 할 수 있는 일은 없었다.

점심시간이 될 때까지 임용우의 얼굴은 보이지 않았다.

나는 늘 그랬듯 배식 줄이 줄어들 때까지 난로에 붙어 친구들과 느긋하게 기다리고 있었다. 메뉴가 닭죽이라 그런지 오늘은 줄서기가 더 치열했다. 임용우와 함께 안 보이던 전현용 같은 아이들이 언제 나타났는지 급식 맨 앞줄을 차지하고 있었다.

둘러보니 임용우도 주머니에 손을 찌른 채 교실로 들어서고 있었다. 두 시간이나 학교 수업을 빼먹고 PC방에서 게임을 하다 온 아이치고는 너무나 태연했다. 임용우가 여기저기 아이들을 거쳐 내게로 왔다. 그러더니 은근히 친한 척을 해 가면서 말을 걸었다.

"야, 박후근! 내 라디오 부품들 어딨냐?"

애초부터 라디오 조립에 관심이 있어서가 아니라 그걸 빌미로 내게 시비를 걸어 보려는 수작이 뻔했다. 나는 잘 모른다는 태도로 일관했다.

"모르지. 난 기술실에서 그냥 받은 대로 나눠 줬을 뿐이니까. 받고 싶으면 기술 샘한테 가 봐."

임용우는 상을 찌푸리더니 매점이나 가자며 다른 반의 친구들과 나가 버렸다. 아마 PC방에서 라면 같은 것을 먹고 온 모양이었다.

나는 천천히 걸어 나가 줄 끝에 섰다. 그런데 내 네댓 명 앞에서 닭죽이 동이 나 버렸다.

"아줌마! 여기 닭죽 떨어졌어요!"

아이들이 아우성을 쳤다. 그러자 급식 아줌마가 이 교실 저 교실을 쫓아다니며 겨우겨우 닭죽을 얻어 왔다. 그런데 아이들이 양이 적다며 아줌마를 향해 온갖 짜증을 다 부렸다. 도대체 아줌마가 뭘 잘못이 있다고 자식뻘인 아이들에게 쩔쩔매고 굽실거려야 하는지 순간 화가 치밀었다.

나는 식판을 가지고 현호 옆에 앉았다.

우리가 밥을 다 먹어 갈 무렵이었다. 마지막 남은 닭죽을 입에 떠 넣는 순간, 내 앞으로 음식이 아직도 수북한 식판 하나가 지나갔다. 그 아이는 전현용 등과 함께 앞쪽에 섰던 아이였는데, 버리러 가는 닭죽의 양이 뒤쪽에서 우리가 받은 양의 두 배쯤은 되었다. 그 뒤를 따라가는 아이의 식판도 비슷했다. 그들은 남은 닭죽을 아무렇지도 않게 잔반통에 후둑후둑 쏟아 부었다.

도대체 이게 뭔가. 아까 치밀었던 화가 다시 올라오면서 머리를 뜨겁게 했다. 나는 후식으로 나온 초콜릿 우유의 주둥이를 거칠게 잡아 뜯었다. 막 화가 치밀면서 뭔가 마구 쏟아 내고 싶은 심정이었다. 토할 것 같았다. 성격상 이런저런 화를 가슴 속에 차곡차곡 쌓아 두었기 때문이었을 것이다. 3년 동안 쌓인 분노의 댐이 찰 대로 찬 모양이었다. 안면 근육이 파르르 떨리는 게 느껴졌다. 그렇게 우유를 천천히 마시면서 댐의 수문을 애써 닫고 있는데, 옆에서 능글맞은 소리가 들려왔다.

"야, 이 쓰레기 같은 새끼야! 졸라 더럽게 처먹네. 저 주둥이에 우유 자국 좀 봐."

언제 왔는지 임용우가 우유를 먹고 있는 현호를 발로 툭툭 치며 시비를 걸었다. 뭐, 쓰레기라고?

"지랄! 니가 쓰레기야, 개새꺄!"

나도 모르게 머릿속에 있던 말이 툭 튀어 나갔다. 임용우는 입을 딱 벌린 채 나를 노려봤다.
"뭐? 이 씨발 새끼가!"
나는 애써 누르고 있던 수문이 서서히 열리는 것을 느꼈다.
"니가 쓰레기라고, 새꺄! 밥 잘 먹고 있는 현호가 왜 쓰레기냐? 진짜 쓰레기 같은 새끼!"

퍽! 그 순간 임용우의 주먹이 내 얼굴을 강타했다. 난 주춤 뒤로 물러났다. 가슴 속에서 댐의 강철 수문이 종잇장처럼 구겨지며 날아가고 있었다. 여태껏 참고 지냈던 화가 한꺼번에 터졌다. 나는 들고 있던 우유를 집어던지며 임용우의 얼굴을 힘껏 후려갈겼다. 임용우의 얼굴이 휙 돌아갔다.

머릿속이 온통 공포와 흥분으로 뒤죽박죽이 되면서 아드레날린이 치솟았다. 심장이 벌떡거리고 호흡이 가빠졌다. 얼굴이 벌개진 임용우가 내 가슴을 향해 발을 날렸다. 난 아슬아슬하게 돌아서며 발길을 피했다.

그때서야 상황을 눈치 챈 아이들이 연방 꺅꺅거리는 괴성을 지르며 앞 다투어 몰려왔다. 싸움 구경 중에서도 아주 희귀한 구경이었던 것이다. 싸움과는 전혀 관계가 없을 것 같던, 박후근이가 싸움을 하고 있으니 말이다. 여자 아이들은 광분하여 뛰어다녔고, 남자 아이들은 말리는 척하며 주위를 에워쌌다. 핸드폰을 들이대고 동영상을 찍는 아이도 있었다. 그리고…… 누군가가 웃었다. 그 웃음소리가 내 귀에 감기면서 아득하게 멀어졌다. 동시에 나는 기세 좋게 날아오른 임용우의 발길에 정통으로 걸려들었다. 난 우당탕 뒤로 나가떨어졌다.

"으으……."

갑자기 호흡이 정지된 듯한 그런 답답함이 가슴을 파고들면서 순간적으로 정신이 멍해졌다. 그 와중에도 참담함, 모욕감, 분노, 이런 감정들이 머리를 어지럽혔다. 그런 나의 눈에 슬쩍 입꼬리를 올리며 씨익 웃는 임용우의 모습이 들어왔다. 그것은 벼르고 벼르던 상대를 거꾸러뜨린 승리의 웃음이었다.

순간, 내 머릿속이 하얗게 변했다. 이성적인 사고고 뭐고 한 가지 생각만 맴돌았다.

'저 녀석에게 질 수는 없어!'

난 몸을 일으키며 임용우의 바짓단을 잡고 힘껏 잡아당겼다. 방심하고 있던 임용우의 몸뚱이가 공중으로 붕 뜨며 나동그라졌다. 나는 거의 미친 사람처럼 임용우의 가슴을 짓밟았다. 내 뇌는 이미 정상적으로 작동되고 있지 않았다. 한 번, 두 번, 세 번. 나는 세 번이나 발길질을 하고 나서야 맥이 풀려 바닥에 주저앉았다. 그때 아이들이 요란하게 비명을 지르며 후닥닥 비켜섰다. 담임선생님이 지나가다가 달려오신 것이었다.

"너, 후근이……."

나는 선생님 앞에서 참담함과 창피함으로 몸을 벌벌 떨었다.

딩동, 딩동!
내가 반성문을 마무리했을 때, 바로 종이 울렸다.
우리 반 아이들은 이제 종례를 하고 있을 것이다. 임용우는 어떻게 되었을까. 내가 그렇게까지 거칠게 굴 수 있다니. 부모님은, 또 친구들은 어떻게 생각할까. 여러 생각들이 연달아 들었다. 정말 언어로 인간의 감정을 고스란히 표현하는 것은 불가능에 가까웠다. 답답하고 고통스러웠다.
그때 문이 덜컥 열리며 학생부장 선생님이 나왔다. 그러고는 내가 쓴 반성문을 집어 들며 말했다.
"내일, 부모님 모시고 와서 담임선생님과 함께 상담해라. 알겠나?"
난 더듬거리는 목소리로 물었다.
"임용우……. 제가…… 때린 애는요?"
"그 애는 일단 병원으로 데려갔다. 갈비뼈를 다친 것 같아서."
아무 말도 할 수가 없었다.
나는 인사를 하고 책상을 치운 뒤, 가방을 가지러 교실로 올라갔다. 이미 종례를 마친 아이들이 복도로 우르르 몰려나오고 있었다. 누구는 놀랍다는 눈빛으로, 누구는 걱정스럽다는 눈빛으로, 누구는 킥킥거리고 웃으며 내 옆을 스쳐 지나갔다. 아무도 말을 붙이지는 않았다.

청소를 하던 아이들의 반응도 마찬가지였다. 그저 말없이 내가 가는 길을 비켜 주었다.

난 가방을 메고 혼자 운동장으로 나왔다.

교문을 빠져나오는데 이유 모를 눈물이 자꾸 쏟아졌다.

| 후기 |

'현실과 이상의 괴리'라는 말을 들은 적이 많이 있습니다. 그런 말을 들을 때는 그게 굉장히 먼 곳에만 있는 딴 세상 얘기인 줄 알았거든요. 그런데 좀 커서 중학교에 와 보니 초등학교에서 6년 동안이나 배운 '더불어 사는 삶'이, 가슴 아프게도 실제로는 '더불어 사는 삶은 개뿔이나!'인 경우가 허다했습니다. 전 이상을 추구하도록 교육받았는데, 현실은 많이 달랐던 거지요. 제게 '예비 사회'인 학교는 사소하나마 그런 차이를 심각하게 느끼게 해 주었습니다.

솔직히 제 생각이 제 또래 아이들과는 좀 다를지도 모릅니다. 그럴지라도 이러한 추세에는 분명 문제가 있습니다. 소설을 통해 그걸 말하고 싶었어요. 이 소설은 제가 겪은 이야기를 토대로 한 것입니다. 물론 극적인 구성을 위해 과장을 한 부분도 있지만요. 아무튼 원칙을 지키려고 노력하는 사람이 오히려 웃음거리가 되기 쉬운 뒤틀린 구조에 물음표를 던지는 '박후근'의 고백에 잠시나마 귀를 기울여 주셔서 정말 고맙습니다.

만화경 〉 그렇게 네가, 이렇게 내가 빚어내는 세상!   경

가끔 남자들이 부러울 때가 있다

정아라 · 김다솜 (신월중 2년)

점심시간이다.

말자, 숙자, 영자가 옹기종기 모여서 얘기 중이다.

'여자 셋이 모이면 그릇이 깨진다.'는 말을 누가 지어 냈는지 정말 잘 만들었다. 한번 시작된 그들의 수다는 절대 멈추지 않는다. 말자, 숙자, 영자는 우리 반에서 소문난 소식통이다. 신속도와 정확도에서 따를 자가 없다.

사실 본성이 악한 애들은 아니지만, 누구의 비밀이든 그 애들의 입에 올랐다 하면 비밀은 무슨, 이미 끝장난 거다. 그 애들 입에서 자기 이름이 들먹여졌다면 차라리 눈 딱 감고 만사 포기하는 것이 낫다.

휴, 어쨌든 중요한 건 이게 아니란 말이다.

그 누가 알았으랴. 그 애들의 무시무시한 입에 나와 내 친구들의 이야기가 올라갈 줄을.

그렇다. 그 애들의 입방아에 나와 내 친구가 오르게 된 건 지난가을에 있었던 그 사건 때문이다.

내 이름은 김영희. 서울 달마루 중학교 2학년에 재학 중이다.

이 사건의 또 다른 주역인 내 친구 소정이와 진희. 그들 역시 나와 같은 학교, 같은 반에 재학 중이다.

지난가을, 체육 대회 연습이 한창일 때였다.

학급마다 체육 대회 연습에 불이 붙었다. 소식통에 따르면, 종합 우승하는 반에 현금 20만원을 상금으로 준다는 거였다. 20만원이면 더블피자가 무려 30판! 우리 반 애들도 눈에 불을 켰다. 자칫 누가 실수라도 해서 지는 날엔 몰매를 맞을 판이었다.

종목 중에 단체 줄넘기가 있는데, 나는 그게 영 안 되었다. 몸치인 나는 돌아가는 줄의 박자를 맞추지 못했다.

"소정아, 우리 진희랑 셋이 남아서 저거 연습하다 가자~. 저거 딴 애들은 다 잘하는데 나만 못한단 말이야. 선생님도 나만 못한다고 자꾸 뭐라 그러시고, 응? 같이 할 거지?"

나는 소정이를 붙잡았다.

"아, 오늘은 그냥 진희랑 하다가 가. 나 오늘 엄마가 일찍 오라 그랬어. 그리고 난 저거 잘 된단 말이야, 메롱~."

유소정 저 계집애는 항상 이런 식이다. 잘 나가다가도 꼭 한 번씩 사람 기분을 팍팍 죽여 놓는다.

아무튼 나는 갑자기 기분이 꾸리꾸리해져서 연습할 맛이 싹 사라졌다. 대신 우리 착한 진희를 데리고 조아조아 떡볶이집을 찾았다.

우리의 단골 즈아조아 떡볶이집. 맛과 서비스, 덤, 3박자를 갖춘 집이다.

원래 우리 단골은 맛나 분식이었는데 소정이 때문에 단골이 바뀌었다. 소정이가 좋아하는 남자 애가 조아조아 떡볶이집에 자주 드나들었던 것이다. 우리는 자신이 좋아하는 킹카가 들어가는 떡볶이집이야말로 꼭 가 봐야 하는 거 아니겠냐.'는 소정이의 협박 비슷한 것에 의해 강제로 단골을 바꾸어야 했다. 처음에는 약간 어이가 없었지만 막상 가 보니 맛이 좋긴 했다.

그건 그렇다 쳐도 하여간 유소정이 항상 문제였다, 정말!

뭐, 나도 유치한 게 없지는 않다. 100퍼센트 소정이 때문이 아니라 맛이 좋아서 별 싫단 소리 없이 조아조아로 옮긴 건데, 오늘 소정이가 맘에 안 든단 이유로 예전 일을 꺼내어 꼬투리를 잡고 있으니 말이다. 내가 언제부터 이렇게 유치해졌는지 모르겠다. 그만큼 화가 난 거다.

유소정, 나쁜 계집애. 오늘은 나도 무지 화났다고. 사과 절대 안

해. 어디 누가 먼저 하나 보자고!

주문한 떡볶이 2인분에 어묵이 하나 나왔다.

아, 이 맛! 모름지기 떡볶이나 라볶이는 요렇게 매콤달콤한 맛을 환상적으로 배합해야 하는 것이다. 떡볶이가 입에 들어가는 순간, 나는 소정이고 뭐고 다 잊어버렸다.

진희와 나는 눈물 콧물을 흘려 가며 정신없이 매운 떡볶이를 먹어 댔다.

"영희야, 지금 몇 시야?"

찬물로 얼얼한 혀를 식히는데 진희가 시간을 물었다. 시간을 보기 위해 무심코 핸드폰을 열었는데, 진희, 소정이랑 같이 찍은 핸드폰 바탕 화면이 눈에 딱 들어왔다. 아, 정말 갑자기 기분이 확 나빠지는 순간이었다.

"아, 짜증 나, 진짜!"

"왜? 뭔 일 있어? 문자 왔어? 왜 핸드폰을 열자마자 인상을 팍팍 쓰고 그래?"

"몰라, 유소정 말이야. 걔는 내가 뭐 하자 그러면 맨날 반대야 아주!"

그때부터 나는 소정이에 대해 나쁘게 말하기 시작했다. 하지만 진희는 내 말을 듣는 둥 마는 둥 떡볶이에서 입을 떼지 않았다. 욕이라는 게 맞장구를 쳐야 진도가 나가는 법인데, 그제야 나는 약간 상황 파악이 되었다.

'가만, 여기서 계속 혼자 소정이 욕을 하면? 그걸 가만히 듣고 있던 진희는 내가 계속 떠들어 댔기 때문에 어쩔 수 없이 들은 게 돼 버리는 거고. 어라? 그럼 이거 나만 나쁜 애가 되는 거잖아?'

일이 이렇게 된 바에야 진희를 내 편으로 만들어야겠다는 생각이 들었다. 그렇지 않으면 내가 이상해진다. 그래서 정말 해서는 안 될 말을 진희에게 하고 말았다.

"이진희, 너 그거 알아? 저번에 소정이가 니 욕 했어. 너보고 남자 애들한테 꼬리 친다고도 하고, 어떻게 여자 애가 머리를 나흘씩이나 안 감고 살 수 있냐고도 하고. 아무튼 나한테 절대 비밀이라고 하면서 니 욕을 므진장 하더라고~."

"뭐? 소정이가 내 욕을?"

"글쎄 그랬다니깐."

이왕 엎질러진 물, 난 미주알고주알 다 털어놓았다. 그러면 안 된다는 걸 알면서도 내 입에선 참았던 말들이 마구마구 쏟아져 나왔다.

진희는 계속 내 얘기를 들어 줬고, 나는 그게 신이 났다.

"몰랐지? 내가 진짜 이거 너 기분 상할까 봐 말 안하려고 했는데."로 시작한 나는 소정이에 대해서 있는 말 없는 말을 다 해 버리고 말았다.

내가 얘기를 하면 할수록 진희의 표정이 굳어졌다. 속으로 그게 왜 그렇게 고소하던지. 내가 생각해도 참 나빴다.

그렇게 그날 떡볶이집에서 진희와 난 한편이 되었고, 소정이는 우리 사이에서 무지무지 나쁜 친구가 되어 버렸다.

다음 날.

내 예상대로 진희는 예전과는 다른 눈으로 소정이를 보는 듯했다.

진희는 계속 나에게만 말을 걸었고, 화장실을 갈 때도, 매점을 갈 때도 이동 수업을 갈 때도 나하고만 다녔다.

그런데 시간이 갈수록 자꾸만 불안해졌다. 사실 소정이가 얄밉고, 또 그간 진희가 나보다 소정이와 더 친한 것 같아 내심 질투가 나서 그랬던 건데, 막상 일이 이렇게 되자 어쩐지 뒤가 켕겼다.

'소정이 성격이면 이렇게 답답한 거 못 볼 텐데.'

소정이는 무조건 정공법으로 승부하는 애다.

5, 4, 3, 2, 1, 땡!

'딩동 딩동!'

4교시 끝 종이 울리자 아이들이 복도 급식대를 향해 개떼처럼 뛰쳐나갔다.

평소 같았으면, 그 틈에 끼어 목에 핏줄을 빳빳이 세우고 "다 비켜!"를 외치며 급식대로 날아갔을 소정이가 우리 쪽으로 걸어왔다.

역시 내 예상대로였다. 길다면 길고 짧다면 짧은 4교시 동안의 침묵이 드디어 끝나는 순간이었다.

난 가슴이 두근두근했다. 불안, 긴장, 초조……. 여러 가지 복잡한 심정이 교차했다.

"진희야, 너 나한테 삐친 거 있어? 왜 그래? 난 진짜 너 왜 그러는지 모르니깐 네가 잘못한 거 있으면 말해 주라, 응?"

난 그 자리에 있기가 불편해서 급식을 받으러 나왔다. 식판을 들고 복도 창문 너머로 보니 소정이와 진희가 창틀에 기대서서 무언가 이야기를 나누고 있었다.

나는 불안해지기 시작했다.

내가 욕한 거 진희가 소정이한테 말하면 어떡하지……. 원래 진희는 나보단 소정이랑 더 친하다. 어쩌면 그래서 소정이를 더 미워하는 건지도 모른다. 난 학기 초부터 진희랑 친해지고 싶었는데 진희는 늘 나보다 소정이를 먼저 챙겼다.

그건 그렇다고 쳐도 지금 더 중요한 건, 진희가 소정이한테 내가 한 얘기를 그대로 다 하느냐 안 하느냐였다. 말하면? 만약에 정말 그렇게 되면?

아, 진짜 모르겠다. 복잡해 죽겠다.

"야, 김영희! 너 김치 뜨고 죽을 일 있냐? 무슨 김치를 그렇게 많이 퍼?"

내 뒤에 선 멸치 대가리란 녀석이 버럭 소리를 질렀다. 내 식판을 보니 아닌 게 아니라 국 칸에 김치를 수북이 담아 놓았다.

김치를 덜어 내면서 뒤를 보니 진희와 소정이가 급식을 받으러 나오고 있었다.

다시 진희 표정을 빠르게 살펴보았다. 휴, 다행이다. 아직까지는 진희가 내 편인 것 같다. 표정이 그렇다. 진희는 표정을 보면 답이 딱딱 나온다. 무슨 생각을 하고 있는지.

그날까지는 진희랑 둘이 밥을 같이 먹을 수 있었다. 물론 돌을 씹는 기분이긴 했지만. 하지만 그걸 가만히 보고만 있을 소정이가 아니었다.

유소정! 역시 그녀는 대단했다. 답답한 거 못 참고, 자기 할 말 다 하고, 말은 또 어찌나 잘하는지 우리 반에선 아무도 소정이의 '말발'을 따라갈 자가 없다. 말 한마디로 반 아이들을 쥐었다 놓았다 한다. 선생님들도 소정이 말이라면 목젖이 다 보이게 웃곤 했다.

결국 진희는 방과 후에 소정이에게 넘어간 것 같았다.

그날 오후 학원 수업을 받는데 문자가 왔다.

〔메시지가 도착했습니다.〕

아차차. 아까 노래를 듣고 나서 매너 모드로 바꾸는 걸 깜빡했던 것이다.

선생님이랑 눈이 딱 마주쳤다. 위기를 모면코자 난 나의 살인 미소를 날려 드렸고, 선생님은 한 번 봐주신다는 듯 슬쩍 째려보고는 그냥 넘어갔다. 흐흐.

〔발신자 번호: 완전청순이진희♡〕
〔문자 내용: 야, 김영희! 너야말로 내 욕 많이 하고 다녔다면서 어떻게 소정이만 나쁜 사람을 만들 수 있어? 난 어제 소정이 가 내 욕을 그렇게 하고 다녔다는 게 믿어지지 않았어. 그러고도 안 찔렸냐? 어쩜 그러냐, 넌?〕

난 핸드폰 뚜껑을 딱 닫았다. 울컥 눈물이 나오려고 했다. 옆에 아이들이 많아서 억지로 참고 있는데, 눈앞이 뿌옇게 흐려졌다.

진희 너마저. 완전청순이진희는 개뿔이나 무슨 청순!

집으로 돌아오는 발걸음이 무거웠다. 골목길 입구에서 나를 그렇게 홀리던 포장마차 오뎅 국물 냄새도 귀찮았다.

정말 소정이가 더 밉게 느껴졌다. 소정이 말 몇 마디에 홀랑 넘어간 진희 역시 미웠다. 앞으로 벌어질 일이 연속극처럼 눈앞을 스쳐 갔다.

이제 나는 어떻게 되는 거지? 혼자 화장실 가고, 혼자 매점 가고 혼자 급식 먹고, 혼자 옷 갈아입고……. 혼자, 다 혼자 해야 되는 거야? 자존심 빼면 시체인 이 김영희가?

서럽고 속상했다. 기어이 눈물이 나왔다.

그날 밤 꿈에 소정이와 진희가 보였다. 악몽이었다.

다음 날 교실에 들어서니 진희와 소정이가 기다렸다는 듯 나를 막아섰다.

"김영희, 너란 애 정말 실망이다!"

실망? 속이 확 뒤집어졌다.

말 한마디에 이렇게 사람 생각이 180도로 바뀐다는 거, 이건 정말 안 당해 본 사람은 모른다.

나도 인간인지라 문자를 받고 욕도 좀 했지만, 그래도 한편으로는 미안한 마음이 살짝 살짝 들고 그랬는데……. 뭐? 실망이라고? 친구한테 듣는 '실망이다!'라는 소리가 어느 욕보다도 속상한 것인 줄 그날 처음 알았다.

'그래, 실망하든지 말든지. 나도 유소정, 이진희 너희들한테 실망이란 거 무진장 했거든. 유소정, 너는 친구가 체육 대회 연습하자는데 그걸 안 해 주냐? 그리고 이진희! 너는 그걸 또 그새 유소정한테 말해 가지고 나를 이렇게 병신으로 만들어? 나쁜 계집애들! 그래 좋아. 니들끼리 잘 먹고 잘 살아라. 내가 너네 없다고 아쉬울 거

같냐?'

나는 혼잣말을 하며 휙 돌아서 내 자리로 돌아왔다. 그 애들에게 정이 뚝 떨어졌다.

나는 원래 다혈질이다. 그래서 기분 나쁜 거 있으면 못 참는다. 그 때문에 종종 사고를 치곤 한다. 결국 나는 10분도 참지 못하고 자리에서 벌떡 일어나 소정이와 진희에게 돌진했다.

"그래 미안하다, 유소정, 이진희! 내 성격이 이 모양이어서. 그치만 너네도 그다지 좋은 친구는 아니었어. 왜 너네만 나한테 싫은 말 하는데? 억울한 건 난데, 정말 웃기지도 않는다. 지금 누가 누구한테 성질을 내는 거야? 좋아. 그렇게 잘난 니들끼리 째지게 잘 살아 봐라!"

쏟아 붓고 나니 속이 시원했다. 마치 내가 이긴 것 같은 기분이 들었다.

……하지만 그건 나 혼자만의 착각일 뿐이었다.

하루, 이틀, 사흘, 나흘, 일주일…….

난 진희, 소정이와 말을 한 마디도 하지 않았다. 그 애들도 나에게 말을 걸지 않았다.

아침 8시 30분부터 오후 3시까지 계속 부딪히게 되는 얼굴인데 말을 한 마디도 하지 않는다는 거, 복도에서 만나면 서로 눈을 피한다는 거, 진짜 불편하고 껄끄러웠다.

휴, 아무도 이 기분은 모를 거다. 친했던 만큼 모른 척하고 지내기가 더 힘들었다.

그렇게 시간은 계속 흘렀고, 나는 점점 말이 없어져 갔다.

학교에서 정말 쥐 죽은 듯이 지냈다. 담임선생님이 따로 불러 집에 무슨 일이 있느냐고 물어보실 정도였다.

물론 집에서도 다들 걱정을 하셨지만 나는 아무 말도 하지 않았다. 그저 겨울 방학 때까지만 견디자, 그때까지만 견디자, 그렇게 생각했다.

그렇게 2주쯤 지난 어느 날. 도덕 수업을 하는데 주제가 '친구의 소중함'이었다.

우정이란 성장이 더딘 식물이다.
그것이 우정이라고 불릴 만한 가치가 있게 되기까지
그것은 몇 번이고 어려운 충격을 받고,
또 그것을 견디어 내지 않으면 안 된다.
―워싱턴

교과서에서 이 대목을 읽는데 괜히 코끝이 찡해졌다.

선생님이 여기에 덧붙여 몇 가지 명언을 소개할 때는 가슴이 콕콕 쑤셨다.

벗을 믿지 않음은
벗에게 속아 넘어가는 것보다 더 수치스러운 일이다.
벗은 제2의 자신이기 때문이다.
―라로슈푸코

좋은 친구가 생기기를 기다리는 것보다
스스로가 누군가의 친구가 되었을 때 행복하다.
―러셀

내가 먼저 사과를 할까, 이런 생각이 고개를 들었다.

하지만 먼저 사과를 했는데도 받아 주지 않는다면? 나는 혼자고 걔네는 둘인 상황에서 사과까지 내가 먼저 해야 되는 거야? 그렇다고 이대로 영원히 찢어져? ……생각하면 할수록 내가 초라하게 느껴졌다.

그렇게 사과를 할까 말까 6교시 내내 고민했지만, 결국 아무 결론도 내리지 못하고 집으로 돌아와야 했다.

집에 들어서자마자 나는 습관적으로 컴퓨터를 켜고 버디버디에 접속했다.

[부재중 쪽지가 2개 있습니다. 확인하시겠습니까?]

부재중 쪽지? 아, 유소정한테서 온 쪽지였다.

뭐라고 보냈지? 설마……? 심장이 콩콩콩 뛰었다. 나는 YES를 클릭하고는 눈을 질끈 감았다가 떴다.

[♥영희야! 나 소정이야. 진짜 미안해.

음... 내가 원래 남 생각도 안 하고 생각나는 대로 바로바로 말하고.

그냥 쫌... 내 성격이 그런 거 너도 알잖아?

아, 몰라 몰라. 그냥 주저리주저리 하면 더 웃겨 보일 꺼 같구.

그냥 미안해. 근데 솔직히 그땐 나도 기분 쫌 그랬단 말야.

2주 동안이나 혼자 지내게 해서 미안해.

근데 오늘 도덕 시간에 배운 말 진짜 제대로 멋지지 않았냐?

크ㅋㅋ, 그 덕분에 이 언니 맘이 흔들려지신 거 아니겠냐.

영희야, 진짜 우리 더 이상 싸우지 말고 친하게 지내자. 오케바리?

우리 내일 학교 갈 때 같이 가는 거삼~.

낼 니네 집 앞으로 8시 20분까지 갈게.

낼 봐염. 빠빠이~.

p.s. 지금 옆에 진희도 있는데 쿠지무지 미안하대~.)

나는 힘이 쭉 빠졌다. 계집애들!

솔직히 속으로는 자존심 때문에 한 번 정도 튕겨 주고 싶었지만, 그랬다가 정말 영영 친구를 잃을까 봐 천하의 김영희가 튕겨 보지도 못하고 바로 전화해서 오케바리 해 버렸다.

이게 바로 우리가 말자, 숙자, 영자의 입방아에 오른 작년 사건의 전모다.

우리는 지금 찰떡처럼 붙어 다닌다.

하느님이 보우하사 1학년에서 2학년으로 올라올 때 같은 반으로 편성된 덕분이다.

우리는 화장실도 같이 가고, 이동 수업도 같이 가고, 청소 때도 기다려 주고, 그러면서 잘 살고 있다. 물론 급식 받을 때면 세 명이 동시에 목에 핏줄을 빳빳하게 세우고서 "다 비켜!"를 화음까지 넣으며 날아다닌다.

하지만 이렇게 같이 다니면서도 난 생각한다.

여자들이란 단순한 거 같지만 복잡하고, 복잡한 거 같지만 단순하다. 그래서 사과를 하고 풀었어도 마음 한 구석에는 여전히 껄끄러움이라는 게 남아 있다.

나는 그게 속상하다. 아무래도 예전처럼 그렇게 끈끈한 관계로 돌아갈 수는 없는 거 같다.

그래서 가끔씩 난 남자가 부러울 때가 있다.

남자 애들은 한판 크게 붙고 나면 멋있게, 정말 쿨 하게 화해하고서 예전보다 더 친해진다는데, 여자들은 일단 싸웠다 하면 그게 잘 안 된다.

뭔가 각자 꽁꽁 보따리를 따로 묻어 두고 사는 듯한 느낌이랄까.

하긴 그게 여자의 심리니까. 나도 여자지만 잘 알 수 없는 뭐가 있으니까.

| 후기 |

이게 친구 이야기잖아요? 우리 나이 때는 친구 관계 이런 거에 무진장 민감하기 때문에 고민의 전부라고 할 수도 있죠.

친구 때문에 고민하고 속상해하고 그러는 건 남자 아이들이나 여자 아이들이나 마찬가지일 거라고 생각해요. 그렇지만 남자 아이들은 싸워도 여자 아이들보다는 쉽게 털어 버리는 것 같더라고요. 그래서 제목을 이렇게 붙여 보았는데, 나만의 착각인가?

쓰면서 힘들었던 것은 줄거리보다도 주인공 이름 정하는 거였어요. 잘못해서 주위 친구들 이름과 겹치면 오해를 받을 수도 있거든요. 에궁, 우리 또래한테는 그만큼 친구 문제가 미묘하고 복잡 복잡…….

너무 급히 써서 뒷부분이 좀 허접하지만 그래도 쓰는 동안 재미는 있었어요.

어떤 하루

김진혁(신월중 2년)

아침 해가 떴다. 이놈의 햇살이 어찌나 강렬한지 이불 속까지 파고들어 왔다. 그 바람에 나는 잠이 깨고 말았다. 물론 제정신에서는 한 천 리쯤 벗어나 있는 상태이다.

'아함, 뭐야 이거. 너무 눈부셔……'

얼마쯤 지났을까.

휘이이잉, 어디선가 또 하나의 비극을 예고하는 파공성이 들려왔다. 나는 이 뒤에 벌어질 상황이 어떤 건지 아주 잘 알고 있다. 이미 수백 번, 아니 수천 번 겪은. 그러나 몸이 말을 듣지 않는다.

딱!

"아야! 뼈 맞았잖아요!"

"시끄러! 지금 몇 시야! 3시야! 8시!"

"어, 진짜요? 뭐야, 7시 45분이네! 무슨 8시예요!"

"시끄러! 그게 그거지 뭐야! 도대체 요즘 생활은 아주 틀려먹었어, 그냥!"

"아, 알았어요! 일어난다고요! 아, 귀찮아 죽겠네!"

이런 상태에서 이 정도의 존대를 한다는 것은 참 대단한 일이 아닐 수 없다. 이렇게 되기까지 참 많이 얻어터지고 깨졌다.

어쨌든, 돌덩이 같은 몸을 이끌고 화장실로 굴러 간다. 잠이 덜 깬 얼굴에 부스스한 머리, 거울 안의 내가 참 한심하게 보인다. 그나저나 지금 씻기만 하는 게 도대체 몇 분째인가! 너무 느리다. 너무 느려서 나 자신도 답답하다. 내 친구들은 하나같이 내가 답답하다고 한다. 인정한다. 나도 내가 답답하고 한심해 미치겠는데, 하물며 친구 놈들이 보기에는 어떻겠는가. 이제까지 나는 친구들과 약속 시간을 제대로 지켜 본 적이 없다. 꼭 몇 분씩 늦는다. 이 악습관을 고치려고 나름대로 노력해 보지만 그게 잘 안 된다.

허겁지겁 밥을 입에 퍼 붓고 양치하고, 시간을 보니 8시 30분. 으악, 늦었다.

이미 정규 등교 시간은 물 건너갔고, 교문을 지키는 생활 지도부의 사선(8시 40분)을 넘기에도 아슬아슬하다. 문을 나서자마자 폭주족 오토바이 몰듯 큰길을 무한질주하며, 나는 나의 악습관을 저주하고 절규했다.(사실 어제도 그랬고 그저께도 그랬다.)

'크아! 나는 왜 허구한 날 늦는 거야, 으아아아!'

지각을 하면 어떻게 되는가? 간단하다. 교문에서 간단한(?) 처벌만 받고 들어가면 되는 것이다. 간단한 처벌이란 오리걸음이다. 그러나 문제는 학생부장님(학생 주임, 줄여서 학주)이 직접 지휘하면 얘기가 180도 달라진다는 것이다. 언제 한 번 구경한 적이 있었는데, 아주 장관이었다. 오리걸음을 하는 것까지는 같았다. 그런데 꼬챙이에 꽂힌 오리들처럼 어깨동무를 하면서 가는 거였다. 이건 정확히 체력 소모가 두 배로 나온다. 그뿐이 아니었다. 난데없이 학주가 등장하더니 관운장 청룡도 쓰듯 불쌍한 오리 떼 위로 매타작을 퍼부었다. 그 장면을 목격한 후로 나는 집단 오리걸음만은 피하리라 다짐하고 다짐했던 것이다.

씽, 교문을 통과하는데 아슬아슬하게 행운의 여신이 내 손을 들어 주었다. 사선 통과!(이러니 내 버릇이 고쳐질 리 없다.)

나는 이마의 땀을 쓱 닦아 냈다. 이로써, 제발 교문에서 걸려 그 못된 놈의 버릇을 고쳐야 한다는 어머니의 기대는 또 한 번 무참히 깨졌다. 문을 박차고 뛰어나가는 나를 향해 어머니는 늘 악담을 퍼부었다.

"오늘은 확실히 지각이야. 넌 한번 걸려서 된통 혼이 나야 돼!"

교실에 들어서며 안녕, 친구들과 인사를 나누고 자리를 찾아간다. 공부하는 놈은 하나도 없고 그저 모여서 잡담만 즐기고 있다.

"야, 어제 텔레비전에서 야심천만 봤어?"

"아, 그거? 진짜 졸라 웃겼어."

"맞아. 으허, 난 아주 죽는 줄 알았어."

"니가 그렇게 웃는 게 더 웃겨."

그래도 친구들과 이야기를 해야 속이 풀린다. 가족 간의 대화? 이건 자칫하면 갈등으로 번지기 쉽다. 청소년 아니, 사춘기에 들어섰기 때문에 더 그럴 것이다.

나는 그 정도가 좀 심하다. 내가 식구들에게 잘 대들어서 그렇겠지만, 이상하게 집에서는 충돌이 잦았다. 부모님은 그 복수로 내 자유 시간, 말하자면 뒹굴뒹굴하거나 컴퓨터를 하는 시간을 일방적으로 줄여 버렸다. 덕분에 난 우리 반 남자 중에 컴퓨터를 제일 적게 하는 아이가 되었다. 나는 강력하게 따졌고, 이게 악순환이 되어 싸움이 점점 더 잦아지고 치열해졌다.

그러니 식구들과 지내는 것보다 친구들과 어울리는 것을 더 좋아할 수밖에 없다. 나는 점점 집안에서 절대 못 읽게 하는 판타지 소설이나 만화책 빌리는 횟수가 늘어 갔다. 기분 나쁠 때는 그런 것이 진정제가 되니까.

한번은 부모님과 누나에게 왜 이렇게 자꾸 컴퓨터 자유 시간을 줄이냐고 따졌더니, "너 앞으로 살 날이 얼마인데 그런 거나 하려고 그러냐?" 하며 입을 모아 두통 강하게 몰아치는 말씀만 하셨다.
 그러나 친구들은 그렇지 않다.
 "쯧쯧, 니네 집 참 뭣하다. 어떻게 그렇게 됐냐? 불쌍하다, 진짜."
 이런 식의, 상처에 바르는 연고 같은 동정심 깊은 말을 해 주는 것이다.
 그 말을 아버지께 했더니 내 말이 끝나기도 전에 바로 쏘아붙였다.
 "그런 놈들은 대학 가서 공부도 못하고, 다 실패할 놈들이야."

 아침 조회 시간. 담임선생님이 들어오셨건만 아이들은 잡담을 그치지 않는다. 오늘따라 아이들이 더 떠드는 것 같다. 선생님 말씀이 소음에 묻혀 뒤에서는 무슨 얘기인지 하나도 들리지 않았다.
 담임선생님이 10분 립싱크를 마치고 나가자 교실은 폭발할 듯이 시끄러워졌다. 하여간 떠드는 것 하나는 전고에서 알아준다. 이렇게 시끄러울 때는 잠시 자리를 피하는 게 정신 건강에 도움이 된다.
 복도로 나와 화장실 쪽으로 가고 있는데 나를 불러 세우는 목소리가 들렸다.
 "어이, 야! 서 봐!"
 "나?"
 "야, 돈 없어?"

"어, 없어."

녀석이 갑자기 길을 막는다. 폼이 꼭 뒷골목 양아치 같아서 보는 이로 하여금 벌컥 짜증을 솟구치게 만든다. 이런 놈은 마주치지 않는 게 제일이다.

"거짓말 마. 뒤져서 나오면 어쩔래?"

"내가 돈 갖고 다니는 거 봤냐?"

"아, 알았어. 그냥 가라."

마치 제가 큰 권리라도 준다는 듯한 말투다. 미친놈!

지금 내 앞에서 상당히 기분 나쁘게 구는 왕재수 기문이 녀석에 대해 간단히 설명하자면, 초등학교 때 내 친한 친구 중 하나였다. 허물은 감싸 주고 먹을 것은 나눠 먹던, 그런 녀석이었다. 서로의 집도 자주 드나들었다. 그런데 한동안 못 보다가 다시 만나 보니 저렇게 변해 버린 것이다. 변한 정도가 심해서 어떻게 된 거냐고 물을 엄두도 나지 않았다. 맛이 간 친구가 또 하나 있다. 그 녀석도 초등학교 때 엄청나게 친했는데, 서서히 변하더니 끝내 뼈아픈 배신을 때리고는 나를 떠나갔다. 기억하기도 싫다.

중학교 올라와서 느낀 것인데, 아이들이 지내는 것을 보면 초등학교 때보다 사이도 더 좋아 보이고 우정의 끈도 튼튼해 보인다. 그러나 알고 보면 그게 아니다. 대부분 서로 즐기기 위해서 사귀는 것이다. 시시해지면 버리고, 만만해지면 무시한다. 새 친구가 나타나면 전에 친하던 친구와는 아무렇지도 않게 걸어졌다. 이거야말로 껌 씹는 것과 다를 바가 없다. 그래도 다행스러운 것은, 시끄럽긴 해도 우리 반에서는 별로 그런 일이 일어나지 않는다는 것이다.

띠리리리 리리리.

1교시 종이 울렸다. 수업 시작종이자 피곤한 하루의 시작종이기도 하다.

선생님이 들어 오신다. 선생님 입장과 동시에 내 몸 안으로 졸음이라는 손님도 함께 들어오셨다. 대관절 요즘에는 수업이 귀에 들어오지 않는다. 억지로 쑤셔 넣으려 해도 소용이 없다. 원인을 따져보면, 가족(물론 나를 제외한)들이 합의하여 강요하고 있는 '자유 시간 삭감 정책'의 결과라 할 수 있겠다. 공부를 더 많이 시키려는 의도겠지만, 자유 시간이 준 만큼 스트레스가 커져 오히려 집중력이 흐트러진 것이다.

거북이 마라톤 풀코스 뛰듯 느리게 가는 시간. 시침은 언제 봐도 제자리인 것 같고, 분침, 초침은 느릿느릿 돈다. 그런 시계를 마음껏 감상하며 한 교시 한 교시를 버텨 나간다. 물론 짬짬이 낮선 수면을 곁들인다. 이건 팝콘과 콜라를 먹으며 영화를 봐야 제 맛이나는 것과 같다.

어느덧 5교시 체육 시간까지 끝났다.

화장실에서 옷을 갈아입으며 곰탱이 수범이란 녀석과 농담을 하다가 서로를 헐뜯게 되었다. 남자들의 성(性)이 주제였던 농담의 내용은 밝히지 않겠다. 농담에는 너무 '깊게' 들어가면 안 되는 분야가 있다. 어쨌든 농담 끝에 말다툼이 벌어졌다.

"참 나, 지 생긴 건 졸라 이상하게 생겨 가지고."

"아이고, 너는? 너는 존재감이나 있냐?"

이 대목에서 수범이 녀석이 성큼성큼 다가오더니 그 곰 발바닥 같은 두꺼운 손으로 내 귀 언저리를 가격했다. 퍽 퍼벅 퍼억!

애들은 모두 장난인 줄 알고 웃었고, 나도 장난인 것만은 알고 있었다. 그러나 웃고 넘어가기에는 너무 아팠다. 귓불이 욱신욱신했다. 갑자기 짜증이 확 솟구쳤다.

"에이! 씨바, 짜증 나! 귀는 왜 때려!"

나는 문을 꽝 차 버렸다. 그 바람에 들어오던 녀석들이 주춤하고 뒤로 물러났다. 내가 원래 이러지 않았는데 도대체 요즘 왜 이렇게 날카로워졌는지 모르겠다. 옷을 갈아입고 식식거리며 교실로 들어와 시간표를 보니, 6교시는 수학 시간이다.

숙제가 있는데 이거 안 하면 또 무슨 일을 당할지 모른다.

허겁지겁 숙제를 하는데 왠지 몸에서 힘이 쭉 빠져나가는 기분이었다. 둘러보니 애들은 아무도 말을 걸어오지 않고, 나 홀로 노트를 끼적이고 있는 것이다. 내 자리 둘레에 높은 담벼락이 둘러쳐진 것 같았다.

'으아, 요즘에는 계속 싸우고 다투기만 하는구나. 아무도 날 봐주지도 않고. 이제 남은 친구들마저도 멀어지나?'

수업이 끝났다.

나는 청소 당번이라 얼마간 교실에 더 묶여 있어야 한다.

안 그래도 3주째 계속 청소 당번인 데다, 아까 본의 아니게 다투기까지 했으니 청소할 맛이 나지 않았다. 청소도 사실은 벌 청소였다. 껌을 씹었기 때문이다. 담임선생님은 청결을 상당히 중요하게 여기는 분이라 모든 벌이 청소로 이어진다.

빗자루를 가지러 가는데 아까 다툰 수범이 녀석이 인사도 없이 휙 지나쳐 갔다. 정말 허탈하다.

복도로 통하는 창문을 열었다. 그 순간 내 얼굴에 미소가 퍼졌다.

역시 '그'가 있었다. 문호라는 녀석으로 요즘 친하게 지내는 사이다. 1학년 때는 별로 가까이 지내지 않았으나(내가 복도에서 뛰다가 학생부장 선생님을 넘어뜨려서 넋이 나갈 정도로 혼날 때, 그저 멀리서 빙긋빙긋 웃고 있을 정도의 사이였다.) 올해 갑자기 매우 친해졌다. 사귀어 보니 녀석은 자기 주관도 강하고 매사에 거침이 없고 자심감도 빵빵했다.

나는 그런 점이 참 마음에 들었다. 내 고민도 막힘없이 해결해 주곤 했다. 이 녀석이라면 오늘 나의 이런 산더미 같은 답답함을 변기통 뚫어 버리듯 시원하게 풀어 줄 것이었다.

그런데 이게 무슨 일!

문을 열고 얼굴을 마주 대하는 순간, 내 얼굴로 커다란 침 쪼가리가 날아든 것이다. 이어 푸짐한 욕이 벼락같이 이어졌다. 대충 이런 내용이었다. 야, 니가 도덕 책 빌려 갔다가 안 줘서 수행 평가 점수 깎였다고. 우씨, 어쩔 건데. 니가 책임질 거냐고. 하여간 진짜 병신 같은 게 어쩌고저쩌고…….

더 이상은 기억하지 못한다. 다만 내 주변의 것들을 사정없이 발로 차 버린 것만 어렴풋이 느낄 수 있었다. 침을 맞고 욕까지 듣다 보니 오늘 하루 동안의 짜증과 허탈감, 분노 이런 것들이 한꺼번에 충돌하며 강력한 연쇄 대폭발을 일으킨 것이다.

청소 시간 내내 나는 주전자처럼 김을 토해 내며 식식거렸고, 친구들은 내게 청소하란 소리도 못 하고 슬슬 피했다.

청소를 끝내고 교실을 나오는데 뒤에서 문호 녀석이 부르는 소리가 들렸다. 나는 문을 뻥 걷어차는 것으로 대답을 대신하고 뒤도 돌아보지 않았다.

하굣길의 발걸음이 너무나 무겁다.

여태껏 친구 관계를 빙자한 피해를 수없이 당하면서 나도 모르게 누군가와 친해지는 것을 점점 꺼리게 되었다. 그래서 친구 수를 확 줄였는데, 그중에 두 명과 이렇게 싸워 버리다니……! 뭐, 그렇다고 절교한다든지 하는 일은 벌어지지 않겠지만, 현재 나는 정말 괴롭고 고통스럽다. 그렇게 나는 스트레스를 짊어지고, 외로움을 질질 끌며 집으로 돌아왔다.

저녁 학원 수업은 하나 마나였다. 실망감이라는 물속에 잠겨 있는데, 물 위에서 뭐라 말한들 무슨 소용인가. 시간은 정말 느리고, 힘겹게 갔다.

밤늦게 집으로 돌아와 밥을 먹으니 그나마 힘이 났다.

그래서 있는 힘을 짜내어 공부를 시작했다. 마침 그때 아빠가 회사에서 돌아오셨다.

아빠! 요즘 나와 최고의 분쟁 상대이다. 아니나 다를까 아빠가 대뜸 내 방에 들어오시더니 하시는 말씀이 이랬다.

"하루 종일 자빠져 놀다 이제 하는구먼."

예상했지만 정말 듣기 싫은 소리를 제대로 듣게 되었다. 오늘 같은 날은 스트레스도 심한데 뭐 하루쯤 덕담 정도는 해 줘야 하는 것이 아닌가. 사기도 올려 주고, 의욕도 상승시키고, 아버지라면 그래야 하는 것 아닌가. 그러나 우리 아버지는 무슨 악담 공장 공장장이나 되시는지 꼭 말씀을 하셔도 저렇게 독을 품고 하는지 모르겠다. 참으로 불가사의한 일이 아닐 수 없다. 어쨌든 나는 반격에 나섰다.

"무슨! 뭔 소리예요, 또!"

"쯧쯧, 제대로 공부를 해 봐라. 뉘 집 아들은 전교 1등이라더라."

또 또, 공부 얘기다. 아무래도 말투가 심상치 않다. 뭔가 준비해 오신 듯하다. 그렇다고 해도 지금 말씀은 말이 안 된다. 그 '뉘 집 아들'이란 사람은 내가 아는 형으로, 현재 고3이다. 겨우 중2와 공부에 목숨을 건 고3을 비교하다니! 이건 저번에 강남권 애들과 나를 비교한 이후에 가장 깊게 상처를 주는 발언이다.

나는 작년에 성적이 낮다며(실제로 그렇게 낮지도 않았다.) 엄청 구박을 받았다. 그때 하도 평균 5점만 올려라, 올려라 해서 2학년으로 올라온 뒤에 진짜 머리 갈라지게 공부를 해서 5점 이상을 올렸다. 나는 이제 핍박은 사라지고 평화가 찾아오겠구나 했다. 뭔가 달라지겠지. 그런데 이게 뭔가. 자유 시간은 자유 시간대로 빼앗기고, 수시로 강남 아이들이나 고3 형과 비교나 당하는 신세가 되었다.

평균 5점만 올리면 무엇을 해 주겠다, 무엇을 사 주겠다 하는 약속도 행방불명된 지 오래다. 이런 기억을 떠올리면 '이런 개뿔!'이란 말이 튀어나오지 않을 수 없다.

참 뼈아프다. 나는 친구들에게 강력하게 권한다. 성적을 올리면 무엇을 해 주겠다, 같은 성적 거래는 반드시 물적 증거, 이를 테면 증서나 각서부터 확보하라는 것이다. 그렇지 않으면 나처럼 뒤통수 얻어맞고 나중에 후회하게 된다.

어쨌든 아빠의 발언에 내 스트레스는 두 배 세 배로 늘어나고 속이 뒤집어졌다.

"뭐야, 그게 말이 돼요! 아, 그냥 나가세요! 네?"

"휴, 듣고 싶지 않겠지."

아버지는 한숨을 쉬면서, 지금은 몰라도 언젠가는 알게 되리라는 듯 심오한 대사를 던졌다. 이건 또 뭔가. 무슨 의미심장한 대사를 하는 것 같은 저 표정은. 겉으로는 숨기고 있지만 정통으로 똥침을 먹이겠다는 의도가 분명했다. 아빠는 내 속을 뒤집어 놓으려고 제대로 준비한 것 같았다.

"아이고, 아빠는 무슨 예언자처럼 말씀하시는데요. 제가 듣기에는 순 억지로밖에 안 들리거든요? 솔직히 아빠는 저한테 의욕을 주는 말이나 격려 한마디 해 주신 적이 있습니까?"

"시간은 기다려 주지 않는다."

정말 대화가 되지 않는다. 그래서 나도 한마디 던졌다.

"묶여 있는 말은 나아가지 못합니다."

이건 자유 시간 삭감, 외출 금지, 공부 강요 등에 대한 나의 불만을 한 줄로 요약한 것이다. 의미심장한 척하는 말은 나도 좀 한다.

그러나 뒤에 들려온 말씀은 한마디로 허걱이었다.

"호랑이는 새끼를 절벽 아래로 밀어 교육시킨단다. 올라오면 다시 떨어뜨리고. 그런데 다시 올라온다고 그 어미가 어이구, 내 새끼

잘한다, 이럴까? 계속 미는 거지."

아빠는 내가 절벽에 서 있으면 진짜 떠밀 것처럼 말씀하셨다.

"그럼, 제가 짐승이란 말이에요?"

"내 말은 끝났다."

문이 쿵! 하고 닫혔다. 이 소리는 철옹성 같은 아버지의 성문이 닫히는 소리나 다름없다. 한마디로 좌절이다. 정말 화가 났다. 오늘은 어떻게 일이 이렇게 꼬인단 말인가.

'내가 짐승인가? 내가 짐승이냐고! 짐승이냐고~.'

난 손에 잡히는 건 다 집어던졌다. 옷걸이, 베개, 휴지……. 내 방의 모든 물건은 의욕을 완전히 잃은 한 소년에 의해 재주를 넘고, 일직선으로 날아가며 에어쇼를 벌였다.

침대에 누웠다.

사막 한가운데에 누운 것 같다. 풀풀 날리는 먼지는 모래 같았고, 창문 사이로 들어오는 차가운 바람은 모래 바람 같았다. 나는 지금 낙타도 없고, 물도 없는 사막에 내동댕이쳐진 것이다. 나는 외로움을 베개 삼아 절망을 덮고 깜빡 잠이 들었다.

얼마나 잤을까. 잠을 깨 보니 사방이 조용했다.

새벽 두세 시쯤 된 것 같았다. 그때 컴퓨터가 눈에 들어왔다.

'그래, 지금 컴퓨터를 하는 거야.'

원래는 컴퓨터가 금지된 시간이지만 오늘 하루 당할 만큼 당했으니 될 대로 되라는 심정으로 컴퓨터를 켰다.

　우선 내가 낮에 올린 글을 확인하기 위해 인터넷 카페에 들어가 보았다.

　어, 그런데 이게 무슨 일? 내 귀한 얼굴에 침 쪼가리를 뱉은 문호 놈도 들어와 있지 않은가. 나갈까 말까 망설이는데 녀석이 먼저 말을 걸어왔다.

〔야, 아까 침 맞은 거 땜에 그런 거 같은데, 기분 나빴냐?〕
〔무슨. 니가 한번 맞아 볼래? 기분이 좋은가?〕
〔야, 그거 발음을 잘못해서 튀겨 나간 거라구. 진짜 실수라니까.〕
〔참고하지.〕
〔그런데 이 밤중에 어떻게 들어 왔냐?〕
〔하루쯤은 이런 날도 있어야 하는 거 아니냐, 후후...〕
〔ㅋㅋ, 그렇긴 하네.〕

　녀석과 도란도란 이야기를 나누다가 헤어지고 이번에는 게임에 접속했다.

　이건 또 무슨 조화인가. 나는 눈을 비볐다. 게임을 하다 보니 낮에 화장실에서 싸운 호범이 녀석 ID가 게임에 참여하고 있다고 나와 있는 게 아닌가.

〔안뇽!〕

〔뭐야, 너 어떻게 들어왔어?〕

〔너야말로 이 시간까지 잘하는 짓이다.〕

〔뭐야, 이거 어떻게 된 거야?〕

〔야, 시끄럽고... 지금 뭐 하냐?〕

〔사냥 중!〕

　　참 신기한 일이 아닐 수 없다. 어떻게 새벽에, 친구를 둘씩이나 컴퓨터에서 만날 수 있단 말인가. 그것도 낮에 싸웠던 녀석들과. 이건 서로 화해하라는 신의 메시지 아니겠는가.

　　우리는 아무 일 없었다는 듯이 수다를 떨며 게임을 했다.

　　문득 문득 오늘 겪었던 식구들과의 다툼, 갈등 등이 떠올랐다. 그런 건 너무 신경 쓰지 않아도 된다는 생각이 들었다. 사춘기가 지나면 덜 싸울 것이고, 이런 것도 넓게 보면 다 사는 과정이니 서로 양보하다 보면 해결책이 생길 것이다. 물론 절대 타협할 수 없는 부분도 있겠지만, 내일 해는 내일 뜨는 것이니까.

　　달이란 놈이 창 너머에서 실실 웃으며 날 쳐다보고 있었다.

| 후기 |

제가 최근에 겪은 최악의 사건 두 개를 겹쳐서 편집해 보았습니다. 주인공의 버릇, 말투 등은 나와 거의 비슷합니다. (참 안 된 일이지만) 식구들 캐릭터도 그렇고요.

여기 나온 이야기는 좀 특별해 보이지만, 사실은 우리가 매일 겪고 있는 일들입니다. 대부분 이렇게 살고 있거든요. 학교에서는 공부에 시달리고, 밖에서는 친구와 갈등, 안에서는 식구들과 갈등······.

지금 우리는 너무 많은 갈등 속에 살고 있습니다. 이렇게 해도 부딪치고 저렇게 해도 부딪치고, 그러니 어디서고 마음 놓고 움직일 수가 없답니다. 그런데, 참 신기하지 않나요? 이런 갈등 속에서도 잘 적응하며 살아가는 우리들을 보면.

이은결, 너 조심해!
인지희(신월중 3년)

1

내게는 오빠가 하나 있다. 이. 은. 결.

어찌 보면 존경스럽고, 또 어찌 보면 얄미워 죽겠는, 그런 오빠다. 오빠는 나보다 세 살이 많다. 그렇지만 나가 한 살 일찍 학교에 들어갔기 때문에 학년 차이는 2년이다.

당연하지만, 오빠는 모든 과정을 나보다 2년씩 먼저 거쳐 갔다. 유치원도 초등학교도 중학교도. 부모님은 나보다 오빠에게 더 관심이 많다. 하긴 엄마 아빠 입장에서야 공부도 지지리 굿하고, 말도 잘 안 듣는 망아지 같은 딸보다야 시키지 않아도 눈치껏 알아서 하고, 공부도 어느 정도 하는 오빠가 훨씬 예쁠 것이다. 거기다가 오빠는 장남이 아닌가.

그런 오빠가 고등학교에 입학하게 되었다. 그 순간 우리 집의 기준은 모두 오빠에게 맞춰졌다. 밥 먹는 시간도 7시에서 6시 30분으로 당겨졌고, 화장실은 무조건 오빠가 먼저 쓰는 것으로, 나는 오빠가 필요하다는 건 다 빌려 주기로 이야기가 되었다. 다른 것은 그렇다고 해도 아직 중학생인 내가 무슨 과거 시험을 보는 것도 아닌데 6시에 일어나는 건 무리라고 항의했지만 엄마는 들은 척도 안 했다. 그 달콤한 아침잠이 날아가다니……. 어쨌거나 일은 빙빙 꼬이기 시작했다.

2

오빠가 고등학생이 된 지 딱 열흘째 되는 날이었다.

아침 6시. 여느 때처럼 집은 바쁘게 움직였다. 엄마는 오빠 도시락 싸느라고 종종 걸음을 치고, 아빠는 날씨 뉴스를 보고 계시고, 오빤 여기저기 돌아다니며 학교 갈 준비에 바빴다.

그때 갑자기 배가 꼬르륵거리더니 살살 아파왔다. 나는 배를 움켜잡고 화장실로 뛰어들어 갔다. 끄으응~. 이제야 살겠다 싶어 휴, 하고 있는데 누군가 문을 두드렸다.

"누구세요?"

나는 묻다 말고 아차 했다. 오빠가 학교 갈 준비를 마치고 씻으러 온 것이다. 나는 다급하게 소리쳤다.

"곧 나갈게. 좀만 기다려. 한 2분만. 아니 5분! 아니다, 진짜 딱 10분만!"

2분에서 10분으로 늘린 건 배가 다시 살살 아파 왔기 때문이다.

시원하게 일을 마치고 배를 문지르며 화장실을 나오는데, 뭔 살기 같은 게 느껴졌다. 헉, 오빠가 날 뱀눈으로 째려보고 있었다.

"너 지금이 몇 신 줄은 아냐?"

시계를 본 나는 어라, 하며 놀라지 않을 수 없었다. 10분이 뭔가, 시계는 6시 30분을 넘어 50분을 향해 가고 있었다. 일을 보고 난 뒤에 노래도 부르고, 머리도 빗으면서 링가링가 하기는 했지만(대형 거울이 화장실에 있었던 거다.) 시간이 이렇게까지 될 줄이야.

"핫, 미안 미안. 그게 잘 안 나와서……. 아휴, 다른 거라도 먼저 하고 있지."

"또라이 아냐? 10분이라며? 넌 10분이 어느 정도인지도 모르냐? 하긴 대가리에 든 게 없으니."

"정말 미안해. 다음부턴 일찍 일찍 나올게."

"미안하다면 다야? 나 지각하면 어쩔 건데? 고등학교는 늦으면 막 얻어터지거든. 네가 대신 맞을 거야? 정말 욘나 웃기네."

이 대목에서 참고 참았던 감정이 한순간에 확 터졌다.

뭐? 대가리에 든 거? 욘나 웃겨? 그래, 나 또라이고 대가리에 든 거 없지만, 너처럼 싸가지까지 없지는 않다!

"그럼 배가 아픈데 어떡해? 늦게 나오는 거 알면 먼저 밥 먹으면서 기다리면 되잖아."

"뭘 잘했다고 지랄이야? 언어맞고 싶냐?"

"지랄? 오빠가 먼저 잘못한 거잖아! 병신 아냐?"

"너희들 지금 뭐 하는 거야!"

일이 꼬이려면 이렇게 되는 거다. 홧김에 내지른 소리를 부엌에 계시던 엄마가 들었나 보다. 엄마는 아침을 차리다 말고 계단을 쿵쿵 올라오셨다.

아참, 우리 집은 2층집이다. 부엌과 내 방, 오빠 방은 1층에 있고, 문제의 그 화장실과 TV방, 엄마 아빠 침실, 컴퓨터실, 빨래실은 2층에 있다.

"이은지, 방금 뭐라고 했니? 다시 말해 봐!"

엄마는 다 알고 있으면서 나를 몰아붙였다.

"뭐라고 했냐고!"

경험상 이런 경우에는 말을 해도 혼나고 안 해도 혼난다. 나는 입을 꾹 다물었다.

"저게 글쎄 나보고 병신이래요."

이 대목에서 이은결 이 자식이 툭 튀어나오며 엄마를 부추겼다. 엄마 눈이 확, 일자로 찢어졌다.

"뭐, 병신? 이은지, 너 오빠한테 말버릇이 그게 뭐야?"

엄마 뒤에서 오빠는 나를 향해 가운데 손가락을 쭉 추켜세워 보이고는 (하, 뻐큐를!) 화장실로 쏙 들어가 버렸다.

"여자 애가 입이 그렇게 거칠어서 되겠니? 왜 생각을 안 하고, 나오는 대로 말을 해? 더군다나 오빠한테 병신이 뭐야, 병신이. 어디서 돼먹지 못한 욕은 배워 가지고."

"오빠가 먼저 심한 말 했단 말이에요."

"애가 뭘 잘했다고 말대꾸야! 그럼 오빠한테 병신이라고 한 게 잘했다는 거야?"

"……."

하긴 병신은 좀 심했지, 하는 생각이 들려는 참에 오빠가 또 화장실에서 고개를 내밀었다.

"니가 화장실에 오래 있어서 빨리 나오랬더니, 막 소리 지르면서 욕했잖아!"

진짜 돌아버리겠다. 미안하다는 생각이 쑥 들어갔다. 게다가 저놈이 실실 웃기까지 한다.

"거짓말하지 마. 오빠가 먼저 욕했잖아."

"이게 어디서 잘했다고 큰소리야, 큰소리는! 얼른 오빠한테 사과해, 얼른!"

"싫어!"

"이은지!"

정말 집이 떠나갈 정도로 큰 목소리였다. 이건 아빠에게 응원을 청하는 목소리다. 진짜 아빠 목소리가 아래층에서 올라왔다.

"거 참, 조용히들 좀 해! 시끄러워 TV 소리도 안 들리네."

이 상황에서 더 버티다가 아빠까지 가세하면 무슨 일이 생길지 모른다. 엄마, 오빠에게 이렇게 무너지는 건가!

"미, 미안해."

사과를 하는데, 눈물이 나왔다. 이건 자존심이 흘리는 눈물이다.

3

그날 일을 이렇게 자세히 기록하는 것은 툭하면 이런 일이 벌어지기 때문이다. 그러니 내가 얼마나 억울하고 서럽겠는가!

오빠란 놈도 그렇지만, 엄마 아빠도 만만치 않다. 나만 미워하는 것이다.

엄마 아빠는 내가 설거지를 하면,

"여자 애인데 당연히 해야지."

이런 반응이고, 안 하면,

"설거지를 너 귀찮다고 안 하면 이걸 누가 해? 맨날 엄마가 해? 넌 누굴 닮아 그렇게 이기적이니?"

이런 반응이다. 특히 엄마는 같은 여자면서도 여성비하적인 발언을 서슴지 않고 한다.

그러나 오빠의 경우를 보자.

오빠가 설거지 (우리 집은 자기가 먹은 것은 자기가 하게 되어 있다.)를 해 놓으면,

"어머~, 니가 했어? 그냥 은지 시키지."

이렇게 나오고, 안 한 날은,

"어휴, 설거지 좀 하지 그랬니."

하면서 곧장 화살을 나한테 쏜다.

"이은지, 넌 냄새도 안 나니? 너라도 설거지를 해야지."

"그거 오빠가 먹고 안 한 거야."

"오빠가 먹은 것 좀 해 주면 어디가 덧나니?"

늘 이런 식이다. 항상 안 좋은 일은 내가 혼나게 되어 있다. 그래서 이은결이 더 미운 거다.

일이 생길 때마다 나는 못생긴 베개에 '이은결'이라고 써서 때리고, 깨물고, 발로 차면서 스트레스를 푼다. 그래도 속이 안 풀릴 때가 많다.

4

그러다가 오늘 또 일이 터졌다. 오늘 저녁은 외식이었다.

순댓국을 먹자, 삼겹살을 먹자, 말이 오가다가 삼겹살로 정해졌다. 나는 치킨을 주장했지만 일방적으로 밀렸다. 하긴 오빠가 삼겹

살을 먹자고 했으니까.

"치킨은 무슨 치킨이야. 그냥 삼겹살 먹으러 가요, 여보."

"그래, 은지야. 치킨은 나중에 먹고, 여기 밑에 새 고깃집 생겼으니까 한번 가 보자."

아빠가 나를 꼬드겼다. 결국 이렇게 오빠 말대로 될 걸 물어보기는 왜 물어본단 말인가.

삼겹살집에서 고기를 구워 먹는데, 아, 이은결 이 놈이 또 내 화를 돋우기 시작했다. 가만히 앉아 있다가 내가 먹으려고 노릇노릇하게 구워 놓으면 쏙쏙 골라먹는 것이다. 내 사이다도 몰래 꿀꺽꿀꺽 마셔 대며.

"오빠 거 먹어!"

옆구리를 찔렀지만 들은 척도 안 했다.

고기를 다 먹고, 밥 대신 잔치 국수를 시켜서 먹는데, 어째 이 놈 먹는 폼이 허겁지겁이다. 후룩 후루룩, 그러다가 국수 국물을 마시겠다고 그릇을 들어 올리는데 으악, 그릇이 오빠 손에서 미끄러지며 내 어깨를 덮쳤다. 뜨거운 국수 국물이 속으로 파고들며 어깨를 타고 흘러내렸다.

"앗, 뜨거!"

난 입을 막고 주위를 둘러봤다. 다른 사람들이 모두 나를 보고 있었다.

"으하하, 너 그러고 있으니깐 꼭 물에 빠진 생쥐 같아. 국수 국물에 빠진 생쥐!"

이은결! 자기가 일을 저질러 놓고 뭐, 생쥐 같다고? 엄마가 행주로 내 어깨를 닦아 주는 동안 나는 눈알이 튀어나오도록 오빠를 째려보았다.

"자, 다 먹었으면 얼른 나가자!"

아빠가 계산을 하는 동안에도 오빠란 놈은 국수 냄새 난다며 코를 막고 구석에 박혀 계속 킥킥거렸다. 갈수록 열이 올랐다. 더구나 이 옷이 어떤 옷인가. 내가 좋아하는 옷 베스트 5위 안에 들 정도로 아끼는 옷이다. 자기가 엎어 놓고도 미안하다는 말은커녕 킥킥거리며 혀를 날름거리니, 정말 미치겠다.

5

집으로 돌아오는 길에 자연히 짝이 지어졌다. 나는 아빠랑, 오빠는 엄마랑.

한참 말이 없던 아빠가 불쑥 내게 물었다.

"오빠가 그렇게나 밉니?"

"그럼 밉지, 얼라 싫어."

나는 한마디로 잘라 말했다.

"엄마 아빠는 무슨 일을 하든 오빠만 예뻐하니깐……. 근데 왜 오빠만 예뻐해? 공부도 잘하고 말썽도 안 부리니깐?"

"아냐. 엄마 아빠는 오빠가 고등학생이라서 잘해 주는 거야. 이 시기에 삐끗해서 어긋나게 되면 여태까지 공부한 거 말짱 도루묵이 되잖냐."

고등학생이라서 잘해 준다? 이건 아니다.

아빤 지금 거짓말을 하고 계시다. 오빠가 초등학생이었을 때, 엄마는 소풍이란 소풍은 다 따라가셨고, 일주일에 한두 번은 꼭 학교 앞까지 마중을 나가셨다. 2년 뒤에 내가 초등학생이 되자 소풍 때는 바쁘다는 핑계로 친구 엄마에게 떠넘기기 일쑤였고, 마중은 오빠와 같이 다니는 것으로 정리되었다. 오빠가 중학생이 되었을 때는 중학생이라서, 중3이 되면 중3이라서, 뭐 이런 식으로 오빠를 중심으로 돌아갔다. 2년 차이로 그 뒤를 따라가는 나는 그냥 설렁탕에 깍두기였다.

고등학생이라 잘해 주는 거라고? 앞으로도 뻔하다. 고3이니까, 대학생이니까, 군대 가니까, 장가 가니까, 뭐 이러면서 그 뒤에 있는 나는 쳐다보지도 않을 것이다.

"아빠, 솔직하게 말해 봐. 오빠가 남자라서 그런 거지?"

"그런 말이 어디 있어. 우리 공주님도 귀하지. 요즘은 아빠 일도 그렇고, 또 좀 있으면 오빠가 이과 갈 건지 문과 갈 건지도 정해야 하고 좀 바쁘니까, 은지가 이해해 주라. 은지 고등학생 되면 더 잘

해 줄게, 응?"

아빠 말에 괜히 눈물이 나왔다. 섭섭하고, 가슴이 아리고, 그랬다.

엄마가 누누이 말했듯 인생은 달리기 시합과 같다.

나도 동의한다. 먼저 출발한 사람이 앞을 달리는 것이다. 그런 인생에서 오빠나 누나 혹은 언니의 존재란 무엇인가. 내가 만약 누나라면 이럴 것이다.

"야, 조금 더 오면 큰 돌이 있어. 가운데로 오지 말고 저기 가장자리로 와."

"언덕 넘으면 오른편으로 샘이 있으니까 마셔. 거기서 안 먹으면 한동안 물 구경 못 해."

앞서 가는 사람이라면 이래야 하는 것 아닌가. 물론 앞서서 달리는 사람은 불안할 것이다. 눈앞에서 무슨 일이 벌어질지 모르니까. 그러니까 부모님도 옆에서 열심히 챙겨 주는 것이겠지. 그렇지만 백 번을 생각하고 천 번을 이해해도 우리 오빠처럼 그러면 안 되는 거다.

하여튼 오늘 내 일기의 끝은 이랬다.

이. 은. 결. 너 조심해!

| 후기 |

소설을 써 보자고 해서, 무얼 쓸까 하다가 그날도 싸웠던 오빠 이야기를 썼습니다. 따라서 '이은결'은 거의 실제 인물이라 할 수 있습니다. 이게 책으로 나가면 인생이 끝난다면서 덜덜 떨던 오빠에게는 조금 미안하지만요.

……쓰면서 참 즐거웠습니다. 매일 원수처럼 치고 박고, 그때마다 당하고 마는 게 하도 억울해서 만일 내가 누나였으면, 하는 상상을 하곤 했습니다. 하지만 그랬다면 그땐 내 동생이 이런 소설을 썼겠지요. 하하하. 재밌게 읽으셨다면 참 감사하고요.

전국에 오빠와 싸우는 여동생 여러분~, 힘내세요!

어린 영혼들이 내민 손을 맞잡다

소설집을 엮으며 | 이상대

처음에 중학생들과 소설을 쓴다니까 주변 사람들은 대부분 시답잖은 눈치였다.
"소설? 겨우 코흘리개 면한 것들을 데리고? 괜한 고생이지."
그러나 나는 은근히 믿는 구석이 있었다. 열다섯, 열여섯—세상에 대한 호기심과 상상력으로 번뜩이는 시절. 얼마나 은밀하며 한편으로는 얼마나 혼란스런 나이인가. 존재감을 위한 자기 번민으로 가슴은 또 얼마나 터져 나갈 듯한가. 그런 것 가운데 한 부분이라도 소설로 옮겨 낼 수 있다면, 완성도에 상관없이 참으로 흥미진진할 터였다. 그래서 아이들에게 이런 타이틀로 글을 쓰자고 주문했다.
—당신들이 중딩을 알아?
과연, 아이들은 기대를 저버리지 않았다.

길이가 짧든 길든, 완성도가 높든 낮든 모든 목소리는 간절했고, 소설마다 '누군가를 향해 흔드는 작은 손짓'으로 가득했다. 눈물겹기까지 했다. 포장의 어수룩함에도 불구하고 어디서 이런 진실과 치열함을 만날 수 있단 말인가.

그 가운데 몇 편을 추려 소설집으로 엮으면서 아직도 나는 설렌다.

얼마 전에 문학 에세이를 뒤적이다가 재미있는 대목을 읽었다.

미국에 한 시각 장애 사업가가 있는데, 그는 절망과 자괴감에 빠져 있던 자기의 인생을 바꿔 놓은 말은 단 세 단어였다고 했다. 어렸을 때 혼자 놀고 있는 그에게 옆집 아이가 "같이 놀래?(Want to play?)"라고 물었고, 그 말이야말로 자신도 다른 사람들과 똑같은 인간임을 인정해 주고 살아갈 수 있는 용기를 주었다는 것이다.

지은이는 이 이야기를 인용하면서 모든 문학 작품의 기본 주제는 '같이 놀래?'일지도 모른다는 말을 했는데 참으로 고개가 끄덕여지는 말이었다. 서로 다른 각각의 사람들이 부대끼고 갈등하며 살아가는 이 세상에서 서로 '다름'을 극복하고 '같이 놀 수 있는' 세상을 만드는 것이야말로 문학의 첫 번째 가는 숙제이기 때문이다.

여기 묶인 소설의 목소리도 다른 게 아니라 '같이 놀래?'에 모아지고 있다.

잦은 전학에 시달리면서도 결국엔 또 낯선 학교의 운동장에 서 있어야 하는 노현태도, 교실 안의 권력자에게 견디기 어려운 치욕을 당한 후에야 비로소 갈 길을 발견하는 홍승균도, 잠자리에 들면서 천장에 대고 혼자 인사를 하고 인사를 받는 이유하도 들여다보면 한결같은 목소리로 속삭이고 있는 것이다.— 같이 놀자니까!

나는 무엇보다 이 책이 주인공 또래의 친구들과 위안과 격려를 나누는 좋은 벗이 되었으면 좋겠다. 아니, 그렇게 될 것임을 믿어 의심치 않는다. 각 작품이 빚어내고 있는 '당하는 자'로서의 갈등은 『어떤 하루』에 나오는 주인공의 독백처럼 '상처에 발라 주는 연고'로서 충분할 터이니까.

한편으로는 어른들이 먼저 읽었으면 하는 바람도 적지 않다. 사실, 우리 어른들은 아이들에게 말만 그럴듯했지 별로 우호적이지 않다. "엄마 아빠도 그렇게 치열하게 겪었으면서도, 당시에는 그렇게 간절하게 구원의 손길을 기다렸으면서도, 그 강을 건넌 뒤에는 '뭐가 그렇게 힘들다고 엄살이야! 우리도 다 그렇게 겪고 지나왔어.'라며 참으로 인색하게 굴지 않는가." 소설은 그렇게 외치는 낮은 목소리로 충만하다.

어쨌거나 엮는 작업을 하는 내내 참으로 행복하고 즐거웠다.
그러나 여기에 미처 작품을 싣지 못한 친구들에게는 참으로 미안하게 되었다. 설레는 사랑 이야기를 써냈던 친구들, 커닝에 대한 기억을 부끄럽게 고백했던 친구들, 공부와 맞짱을 뜨다가 맥없이 쓰러진 친구들⋯⋯. 참으로 버리기 아까웠으나 소설에 관계없이 그보다 훨씬 치열하게 살아갈 것임을 믿기에 그만한 나이 때 즐겨 외던 워즈워스의 시 한 구절로 미안함을 대신한다. 자신이 보석인지도 모른 채 살아가는 그대들의 청춘을 위하여!

> 초원의 빛이여 꽃의 영광이여
> 그 시절이 다시 돌아오지 않은들 어떠리
> 우리는 슬퍼하지 않고
> 오히려 남아 있는 것에서 힘을 찾으리.

2006년 봄에
이상대

아침이슬 청소년 * 004
로그인하시겠습니까?

첫판 1쇄 펴낸날 | 2006년 4월 10일
첫판 19쇄 펴낸날 | 2018년 3월 7일

지은이 | 신월중학교 김학준 외
엮은이 | 이상대
펴낸이 | 박성규
꾸민이 | 이다. 크리에이티브

펴낸곳 | 도서출판 아침이슬
등록 | 1999년 1월 9일(제10-1699호)
주소 | 서울 은평구 불광로 11길 7-7 (불광동, 제1층제1호)
전화 | 02) 332-6106
팩스 | 02) 322-1740
이메일 | 21cmdew@hanmail.net

ISBN 978-89-88996-62-3 44810

이 책의 저작권은 도서출판 아침이슬에 있습니다.
신 저작권법에 의해 보호를 받는 저작물이므로 무단전재와 무단복제를 금합니다.
책값은 뒤표지에 있습니다.